é assim que você
a perde

JUNOT DÍAZ

é assim que você a perde

Tradução de
FLAVIA ANDERSON

1ª edição

EDITORA RECORD
RIO DE JANEIRO • SÃO PAULO
2013

CIP-BRASIL. CATALOGAÇÃO NA FONTE
SINDICATO NACIONAL DOS EDITORES DE LIVROS, RJ

D532a
Díaz, Junot, 1968-
É assim que você a perde / Junot Díaz; tradução de Flavia Anderson. – Rio de Janeiro: Record, 2013.

Tradução de: This Is How You Lose Her
ISBN 978-85-01-40215-8

1. Romance dominicano. I. Anderson, Flavia II. Título.

13-2184

CDD: 863
CDU: 821.134.2-3

TÍTULO ORIGINAL EM INGLÊS:
This Is How You Lose Her

Copyright © 2012 by Junot Díaz

Texto revisado segundo o novo Acordo Ortográfico da Língua Portuguesa.

Todos os direitos reservados. Proibida a reprodução, no todo ou em parte, através de quaisquer meios. Os direitos morais do autor foram assegurados.

Direitos exclusivos de publicação em língua portuguesa somente para o Brasil adquiridos pela
EDITORA RECORD LTDA.
Rua Argentina, 171 – Rio de Janeiro, RJ – 20921-380 – Tel.: 2585-2000, que se reserva a propriedade literária desta tradução.

Impresso no Brasil

ISBN 978-85-01-40215-8

Seja um leitor preferencial Record.
Cadastre-se e receba informações sobre nossos lançamentos e nossas promoções.

EDITORA AFILIADA

Atendimento e venda direta ao leitor:
mdireto@record.com.br ou (21) 2585-2002.

Para Marilyn Ducksworth e Mih-Ho Cha,
em homenagem à sua amizade,
à sua impetuosidade e ao seu encanto.

*Tudo bem, a nossa relação não deu certo e, para
ser sincera, nem todas as lembranças são boas.
Mas até que tivemos momentos felizes.
O amor foi legal. Adorei o seu sono irrequieto
ao meu lado e nunca sonhei com medo.*

*Deveria haver estrelas para grandes guerras
como a nossa.*

SANDRA CISNEROS

Sumário

O sol, a lua e as estrelas 11

Nilda 37

Alma 53

Otravida, otravez 61

Flaca 89

O princípio Pura 101

Invierno 131

Srta. Lora 159

Guia amoroso do traidor 183

O Sol, a Lua e as Estrelas

ATÉ QUE NÃO SOU MAU SUJEITO. Sei o que parece — que estou na defensiva, e é balela —, mas pode crer. Sou um cara igual a todo mundo: fraco, cheio de defeitos, mas, basicamente, do bem. A Magdalena, porém, discorda. Ela me considera o típico dominicano: um sucio, um babaca. Sabe, alguns meses atrás, quando a Magda ainda era minha mina, e eu não precisava tomar cuidado com praticamente nada, traí a gata pegando uma mulher com aquela cabeleira pra lá de cheia dos anos 1980. Não contei pra ela. Sabe como é que é. Esse tipo de osso fétido fica mais bem-enterrado no quintal da sua vida. A Magda só descobriu porque a fulana mandou a merda de uma *carta* para ela. Com *detalhes*. Umas paradas que você não contaria nem chapado para os seus parceiros.

Acontece que esse vacilo específico já fazia parte do passado havia meses. A Magda e eu estávamos numa fase pra lá de boa. Não distantes um do outro, como no inverno, quando meti o chifre nela. O gelo tinha derretido. Ela vinha pra minha casa e, em vez de a gente ficar com os manés dos meus amigos — eu, fumando, ela, no maior tédio —, começamos a ir ver filmes. A sair pra comer nuns restaurantes diferentes, de carro. Chegamos até a ir ver uma peça de teatro no Crossroads, onde tirei umas fotos dela com uns negros figurões, dramaturgos, fotos em que ela está sorrindo tanto que parece até que a boca grande vai desconjuntar. A gente tinha virado um casal de novo. Visitava a família um do outro nos fins de semana. Tomava café da manhã naqueles horários de botequim aberto 24 horas, antes que todo mundo acordasse, perscrutava a biblioteca de New Brunswick, a que Carnegie construiu com sua grana pra desencargo de consciência. Estávamos num ritmo legal. Aí a Carta nos atinge como uma granada de *Jornada nas Estrelas* e detona tudo, passado, presente, futuro. De repente, os pais dela querem me matar. Não faz diferença eu ter ajudado os velhos a fazer a declaração de imposto de renda por dois anos seguidos nem cortado a grama deles. O pai, que costumava me tratar como su hijo, me xinga de canalha pelo telefone, com voz de quem está se enforcando com o cordão do aparelho. Você nem merece eu fala com você em espanhol, diz. Encontro com uma das amigas da Magda no shopping Wood-bridge — Claribel, la ecuatoriana bióloga com olhos de chinita —, e ela me trata como se eu tivesse devorado o filho preferido de alguém.

E nem queira saber como a parada rolou com a Magda. Tipo colisão de cinco trens. Ela jogou a carta da Cassandra em cima de mim — mas não acertou, e o papel caiu debaixo de um Volvo — aí se sentou na calçada e começou a hiperventilar. Ah, meu Deus, queixou-se. Ah, meu Deus.

É nesse ponto que meus amigos dizem que teriam se saído com uma Porra de Negação de Pé Junto. *Que* Cassandra? Só que eu estava cagando de medo de tentar. Então me sentei do lado da gata, agarrei seus braços, que se debatiam, e disse uma baboseira qualquer, tipo Você tem que me ouvir, Magda. Do contrário, não vai entender.

Deixa eu te falar da Magda. Ela é uma autêntica mina da Bergenline Avenue: baixinha, beição, cadeiruda e cabelos escuros e encaracolados, nos quais sua mão se perde. O pai dela é padeiro, a mãe vende roupa infantil de porta em porta. Magda pode ser uma pendeja safa, mas também é solidária. Católica. Me arrastava até a missa em espanhol todo domingo e, quando um dos parentes adoecia, sobretudo os que moravam em Cuba, mandava cartas para umas freiras na Pensilvânia, pedindo que orassem pela família dela. É o tipo de nerd que todo bibliotecário da cidade conhece, uma professora adorada pelos alunos. Sempre recortando uns troços dos jornais pra mim, uns lances dominicanos. Eu me encontro com a gata, tipo, toda semana, e ela ainda me manda umas mensagenzinhas piegas via e-mail: Para que você não se esqueça de mim. Não dá pra pensar numa pessoa pior pra ferrar que a Magda.

Bom, não vou nem te entediar com o que aconteceu depois que ela descobriu. As súplicas, as ajoelhadas em caroço de milho, a choradeira. Digamos apenas que, depois de duas semanas dessa história, de eu ir de carro até a casa dela, mandar cartas, ligar várias vezes durante a noite, a gente voltou. O que não significou que tivesse voltado a jantar com a família dela e que as amigas houvessem achado ótimo. Aquelas cabronas ficaram, tipo, No, jamás, nunca. Nem a Magda estava lá muito animada com a reconciliação no início, mas eu contava com o impulso do passado. Quando ela me perguntou, Por que é que não me deixa em paz?, eu disse a verdade: Porque eu te amo, mami. Sei que parece conversa fiada, mas é a mais pura verdade: estou apaixonado por ela. Não queria que me deixasse, não estava a fim de arrumar outra namorada só porque aprontei uma vez.

Não pense que foi moleza, pois não foi — longe disso. A Magda é teimosa pacas; quando começamos a namorar, disse que só ia dormir comigo depois que estivéssemos juntos há pelo menos um mês, e não deu mesmo o braço a torcer, por mais que eu tentasse traçá-la. E é sensível, também. Lida com a dor como papel com água. Você nem imagina quantas vezes perguntou (ainda mais depois que a gente acabava de transar), Ia me contar um dia? Essa e Por quê? eram as perguntas favoritas dela. E minhas respostas preferidas, Ia e Foi a maior estupidez. Eu não estava pensando.

Chegamos até a conversar sobre Cassandra — geralmente no escuro, quando a gente não podia se ver. Magda perguntou se eu tinha amado a mina, e eu respondi, Não, não amei. Você ainda pensa nela? Não. Gostou de transar com ela? Para ser sincero, amor, foi péssimo. Essa aí nunca é lá muito verossímil, mas você tem que dizer, por mais deslavado e falso que pareça: diga.

E, por um tempo, depois que a gente voltou, tudo caminhou na melhor forma possível.

Mas só por um tempo. Aos poucos, quase imperceptivelmente, a minha Magda começou a se tornar outra Magda. Que não queria mais ficar para dormir tanto quanto antes nem coçar as minhas costas quando eu pedia. Incrível como a gente nota os pequenos detalhes. Tipo como ela nunca pedia que eu ligasse mais tarde quando estava conversando com alguém na outra linha. Antes, eu sempre tinha prioridade. Não mais. Então, claro que joguei a culpa de toda essa parada nas amigas dela, pois tinha certeza absoluta de que continuavam a meter o pau em mim.

A Magda não era a única a receber conselhos. Os meus amigos diziam, Manda a mina se ferrar, deixe essa garota pra lá, mas sempre que eu tentava não conseguia. Estava mesmo louco por ela. Comecei a fazer hora extra com a gata de novo, só que, pelo visto, nada adiantava. Todo filme que a gente ia ver, todo passeio que fazia, toda vez que ela ficava pra dormir pareciam confirmar algum lado negativo meu. Senti que morria aos poucos, mas, quando tocava no assunto, Magda me dizia que estava sendo paranoico.

Cerca de um mês depois, ela começou a fazer o tipo de mudança que teria assustado um nego paranoico. Corta o cabelo, compra maquiagem melhor, desfila com roupas novas, vai para a balada toda sexta com as amigas. Quando quero saber se podemos passar um tempo juntos, já nem sei se ela vai querer. Muitas vezes resolve Bartlebyar e responde, Não, prefiro não. Pergunto o que diabos acha da nossa relação, e ela diz, É o que estou tentando descobrir.

Sei muito bem o que ela está fazendo. Deixando clara a minha posição precária na vida dela. Como se eu não soubesse.

Isso foi em junho. Nuvens brancas e quentes encalhadas no céu, carros lavados com mangueira, música tocando no quintal. Todo mundo se preparando para o verão, inclusive a gente. Tínhamos planejado ir até Santo Domingo no início do ano, um presente de aniversário de namoro, e precisávamos decidir se ainda íamos ou não. A questão ficou pairando no ar por um tempo, e achei que mais cedo ou mais tarde se resolveria. Como isso não aconteceu, comprei as passagens e perguntei para ela, O que é que você acha?

Que é comprometimento demais.

Podia ser pior. São só férias, caramba.

Para mim, parece que está pressionando.

Não precisa ser assim.

Não sei por que cismo tanto com essa parada. Toco no assunto todo dia, tentando convencê-la a se comprometer. Talvez estivesse me cansando da situação em que a gente estava. Queria vazar, queria que algo mudasse. Ou talvez tivesse encasquetado com a ideia de que se ela dissesse, Está bom, vamos lá, aí a gente ia ficar numa boa, e se ela dissesse, Não, não vai dar, aí pelo menos eu ia saber que tudo estava terminado entre nós.

As amigas dela, as bruacas mais rancorosas do planeta, aconselharam que a Magda fizesse a viagem e depois nunca mais falasse comigo. Claro que ela me contou essa babaquice, porque nunca conseguia deixar de me revelar tudo o que lhe passava pela cabeça. O que é que você acha dessa sugestão, perguntei.

Ela deu de ombros. É uma ideia.

Até os meus parceiros já diziam, Mano, parece que você está desperdiçando muita grana nessa parada, mas achei mesmo que ia ser legal para nós. No fundo, naquele lado que os meus parceiros não me conhecem, sou um cara otimista. Pensei, Eu e ela na Ilha. O que é que isso não ia curar?

Tenho que confessar: adoro Santo Domingo. Adoro vir para casa, ficar junto dos caras de blazer, que tentam meter tacinhas de Brugal na minha mão. Adoro quando o avião pousa e todo mundo bate palmas assim que as rodas tocam a pista. Adoro ser o único nego a bordo sem laços com Cuba nem com uma grossa camada de base no rosto. Adoro a mulher ruiva prestes a se encontrar com a filha que não vê há onze anos. Os presentes que segura no colo, como os ossos de um santo. M'ija tem peito agora, diz a senhora para a pessoa do seu lado. Na última vez que vi a menina, mal terminava as frases. Agora, está uma moça. Imagínate. Adoro as bolsas que a minha mãe prepara, uns troços para os parentes e uma lembrança para Magda, um presente. Dê isso para ela, independentemente do que aconteça.

Se esta fosse uma história diferente, eu te contaria do mar. De como ele fica depois de ser soprado no céu por um orifício. De como quando vou saindo de carro do aeroporto e vejo o mar desse jeito, parecendo fios de prata, sei que estou de volta de verdade. Contaria de quantos desgraçados miseráveis existem lá. Mais albinos, mais nego vesgo, mais tígueres que em qualquer outra parte do planeta. E contaria do tráfego: a história completa dos automóveis do final do século XX apinhada em cada pedacinho de chão plano, uma cosmologia de carros caindo aos pedaços, motos caindo aos pedaços, caminhões caindo aos pedaços, ônibus caindo aos pedaços e a mesma quantidade de oficinas, abertas por qualquer lesado com uma chave inglesa à mão. Contaria dos barracos e das torneiras sem água corrente, de los sambos nos outdoors e da latrina sempre confiável da casa da minha família. Contaria de mi abuelo e suas mãos de trabalhador rural, de como ele está triste por eu não ficar por lá, e da rua em que nasci, Calle XXI, e de como ela não resolveu ainda se quer virar favela, um estado de indecisão que perdura há anos.

Mas isso daria outro tipo de história, e já bastam os problemas que tenho com esta, pelo andar da carruagem. Simplesmente vai ter que acreditar em mim. Santo Domingo é Santo Domingo. Vamos fingir que todos sabemos o que acontece por lá.

Eu devia estar fumando pó de anjo, porque, nos primeiros dias, pensei que a gente estava se saindo bem como casal. Claro que ficar trancada na casa do meu abuelo entediou a Magda até não poder mais, ela mesma comentou — Estou de saco cheio, Yunior —, mas eu tinha avisado que teríamos que fazer a obrigatória visita ao Abuelo. Achei que ela não se importaria, por ser normalmente legal à beça com los viejitos. Mas nem conversou muito com ele. Só ficava incomodada com o calor, bebendo quinze garrafas de água. Seja como fosse, saímos da capital e pegamos uma guagua até o interior antes mesmo do início do segundo dia. A paisagem era de tirar o chapéu — embora, por causa da seca, toda a zona rural, até mesmo as casas, estivessem cobertas com uma terra vermelha. Lá estava eu. Apontando todos os lances que tinham mudado desde o ano passado. O Pizzarelli novo e os saquinhos plásticos de água que os tigueritos vendiam. Cheguei até a tratar do lado histórico. Foi aqui que o Trujillo e os fuzileiros navais dele mataram os gavilleros, era aqui que el Jefe pegava as mulheres, foi aqui que Balaguer vendeu a alma pro Diabo. E a Magda parecia estar curtindo tudo aquilo. Balançava a cabeça. Fazia alguns comentários. O que é que eu posso te dizer? Achei que a gente estava numa vibe legal.

Olhando pra trás, acho que daria pra ver os sinais. Primeiro, ela não é do tipo caladão. Fala pra cacete, uma verdadeira matraca, e quando a gente estava junto rolava uma parada em que eu levantava a mão e dizia, Tempo esgotado, daí ela precisava ficar calada por no mínimo dois minutos, para que eu pudesse processar parte da informação que tinha desembuchado. A mina ficava constrangida e humilhada, mas não tanto assim, porque logo que eu dizia, Está legal, acabou o tempo, voltava a tagarelar de novo.

Talvez a questão tivesse a ver com o meu bom humor. Era tipo a primeira vez em semanas que eu me sentia relaxado, que não agia como se algo fosse acontecer a qualquer momento. Só que me incomodou o fato de ela insistir em falar com as amigas todas as noites — como se elas achassem que eu fosse matá-la ou um troço assim —, mas, porra, eu continuava achando que estávamos numa fase melhor que qualquer das anteriores.

A gente estava num hotelzinho barato e decrépito perto de Pucamaima. Eu me encontrava parado na varanda, olhando para as Septentrionales e para o apagão na cidade quando a ouvi chorar. Achei que fosse um lance sério, encontrei uma lanterna e iluminei o rosto rubro e inchado dela. Tudo bem?

Ela meneou a cabeça. Não quero ficar aqui.

Como assim?

O que é que você não entendeu? Não. Quero. Ficar. Aqui.

Aquela não era a Magda que eu conhecia. A Magda que eu conhecia podia ser considerada pra lá de amável. Batia na porta antes de abri-la.

Quase gritei, Qual é a porra do seu problema! Mas não fiz isso. Acabei abraçando e afagando a mulher, perguntando o que andava errado. Ela chorou um tempão, daí, depois de ter ficado calada, desandou a falar. Àquela altura, as luzes já haviam oscilado e voltado. Acontece que Magda não queria fazer uma viagem tipo mochileira. Achei que a gente ia ficar numa praia, comentou.

E a gente vai fazer isso. Depois de amanhã.

E não dá pra gente ir agora?

O que é que eu podia fazer? Ela estava de calcinha e sutiã, esperando que eu dissesse algo. Então, o que sai da minha boca? Amor, a gente vai fazer o que você quiser. Liguei para o hotel em La Romana, perguntei se podíamos ir mais cedo e, na manhã seguinte, pegamos uma guagua expressa para a capital, depois outra rumo a La Romana. Não abri a boca uma vez sequer, e Magda também não. Parecia cansada e observava o mundo do lado de fora como se esperasse que se comunicasse com ela.

Já na metade do Dia 3 da nossa Turnê de Redenção por Toda a Quisqueya, estávamos num bangalô com ar-condicionado assistindo à HBO. Exatamente onde quero estar toda vez que vou a Santo Domingo. Num puta resort. Magda lia um livro de um trapista e se mostrava mais animada, achei; já eu estava sentado na beirada da cama, manuseando, distraído, meu mapa inútil.

Eu pensava, Bem que eu merecia uma recompensa por isso. Um troço físico. Eu e Magda encarávamos o sexo com a maior naturalidade, mas, desde o rompimento, a parada tinha ficado esquisita. Primeiro, já não é tão frequente quanto antes. Tenho sorte se me der bem uma vez por semana. Preciso persuadir a mina, tomar a iniciativa, senão não tem transa. E Magda age como se não quisesse, apesar de umas vezes não querer mesmo e eu ter que esfriar a cabeça, mas, em outras, ela quer e eu tenho que tocar a boceta dela, que é o meu jeito de começar o lance, de dizer, E aí, que tal a gente dar uma, mami? E a mina vira a cabeça, na sua forma de dizer, Sou orgulhosa demais para aceitar abertamente os seus desejos carnais, mas, se continuar a meter o dedo em mim, não vou impedir não.

Hoje, começamos na boa, mas, no meio do caminho, ela disse, Espera aí, a gente não devia.

Eu quis saber por quê.

Magda fechou os olhos como se estivesse envergonhada de si mesma. Esquece, respondeu, movendo o quadril debaixo de mim. Simplesmente esquece.

*

NEM QUERO TE contar em que pé estamos. Hospedados agora na Casa de Campo. O Resort Esquecido pelo Recato. O Zé Mané común y corriente adoraria este lugar. É o maior e mais luxuoso resort da Ilha, ou seja, é uma puta fortaleza, cercada de muros e longe de todos. Há guachimanes, pavões e topiários pretensiosos por toda parte. Em sua propaganda nos Estados Unidos, o resort diz ser um país em si, e é como se fosse mesmo. Tem aeroporto próprio, 36 buracos de golfe e praias de areia tão branca que anseiam ser pisadas; os únicos dominicanos da Ilha que você com certeza verá ou estão nadando na bufunfa ou trocando os seus lençóis. Digamos apenas que mi abuelo nunca esteve nesta área, nem o teu. É aqui que os Garcías e os Colóns vêm espairecer depois de um mês oprimindo as massas, onde os tutumpotes vêm trocar ideias com os colegas do exterior. Se você ficar espairecendo aqui por muito tempo, com certeza vai ter seu passe no gueto revogado, sem que ninguém faça perguntas.

Eu e a Magda acordamos de manhã cedinho para desfrutar do bufê e ser servidos por mulheres sorridentes com uniformes de serviçais. Não estou de brincadeira não: essas mulheres têm que usar até lenço na cabeça. Magda está escrevendo uns cartões para a família. Eu fico a fim de conversar sobre o dia anterior, mas, quando toco no assunto, ela coloca a caneta na mesa. Põe os óculos.

Acho que você está me pressionando.

De que jeito? pergunto.

Só quero contar com o meu próprio espaço de vez em quando. Toda vez que estou com você, tenho a sensação de que quer algo de mim.

Quer tempo para você, digo. O que é que isso significa?

Que talvez, uma vez por dia, eu faça um troço, você outro.

Tipo quando? Agora?

Não precisa ser agora. Ela se mostra exasperada. Por que é que a gente não vai até a praia?

Quando começamos a andar até o carrinho de golfe, comento, Tenho a sensação de que você rejeitou todo o meu país, Magda.

Não seja ridículo. Ela põe a mão no meu colo. Eu só estava a fim de relaxar. O que é que há de errado nisso?

O sol está forte, e o azul do oceano oprime o cérebro. Casa de Campo tem praias do jeito que o resto da Ilha tem problemas. Nas daqui, porém, não se veem merengue, nem moleques, nem vendedores de chicharrones, e há um evidente e acentuado déficit de melanina. A cada metro e meio tem pelo menos um eurobosta esparramado numa toalha como um monstro pálido assustador regurgitado pelo mar. Parecem professores de filosofia, Foucaults baratos, e muitos deles estão na companhia de uma menina dominicana morena. Estou falando sério, essas garotas não podem ter mais que 16 anos, me parece puro ingenio. Dá pra notar pela forma como os dois não conseguem se comunicar que não se conheceram na época em que estavam no Rive Gauche.

Magda está um arraso com o biquíni cor de Oxum, que as amigas a ajudaram a escolher para que pudesse me torturar, e eu coloquei uma daquelas sungas velhas e esfarrapadas que dizem "Sandy Hook Para Sempre!". Tenho que admitir, com a Magda meio pelada em público, estou me sentindo vulnerável e pouco à vontade.

Ponho a mão no joelho dela. Eu só queria que você dissesse que me ama.

Yunior, dá um tempo, vai!

Pode dizer ao menos que gosta muito de mim?

Dá pra me deixar em paz? Que pentelho!

Deixo o sol me marcar na areia. É desanimador, eu e a Magda juntos. A gente nem parece um casal. Quando ela sorri, os caras pedem a mão dela em casamento, quando eu sorrio, os manos checam se a carteira está no lugar. A Magda atraiu olhares desde que chegamos. Sabe como é que é quando se está na Ilha e a sua gata é uma oitavona. Os brothers enlouquecem. Nos ônibus, os machos diziam, Tú sí eres bella, muchacha. Toda vez que vou dar um mergulho, algum Mensageiro Mediterrâneo do Amor vai puxar conversa com ela. Claro que não sou nada educado. Por que não dá o fora, pancho? A gente está de lua de mel, aqui. Mas tem um cara superinsistente, que chega a se sentar perto de nós para impressioná-la com os pelos em torno dos mamilos e, em vez de ignorá-lo, Magda puxa conversa. O sujeito é dominicano também, de Quisqueya Heights, um assistente da promotoria que adora seu povo. É bom eu ser o advogado de acusação deles, comenta ele, pelo menos os entendo. Fico pensando que o elemento mais parece o tipo de mané que, nos velhos tempos, costumava levar os bwana até o restante de nós. Depois de três minutos com o sujeito, já não aguento mais, e digo, Magda, para de falar com esse babaca.

O assistente da promotoria fica pasmo. Eu sei que não está falando comigo, salienta.

Na verdade, estou sim.

Inacreditável. Magda se levanta e caminha rigidamente até o mar. Está com uma meia-lua de areia grudada no bumbum. É de partir totalmente o coração.

O mano diz algo mais para mim, mas nem dou ouvidos. Já sei o que ela vai falar quando se sentar de novo. Está na hora de você seguir o seu caminho, e eu, o meu.

NAQUELA NOITE, FICO de bobeira na piscina e no bar local, Club Cacique, o paradeiro da Magda ignorado. Conheço uma dominicana da cidade de West New York. Gostosa, claro. Trigueña, com o permanente mais inacreditável daquele lado da Dyckman Street. Ela se chama Lucy. Está passando uma temporada ali com três primas adolescentes. Quando tira o roupão para ir dar um mergulho na piscina, vejo uma teia de aranha de cicatrizes por toda a barriga dela.

Também conheço dois sujeitos ricos, mais velhos, tomando conhaque no bar. Eles se apresentam como o vice-presidente e Bárbaro, seu guarda-costas. Devo estar com a marca de desastre recente estampada no rosto. Os dois escutam meus problemas como se fossem capos e eu estivesse discorrendo sobre assassinato. Ficam com pena de mim. Embora deva fazer uns mil graus lá fora, os mosquitos zumbindo como se prestes a herdar a terra, ambos os sujeitos estão de ternos caros, Bárbaro inclusive de plastrão roxo. Uma vez um soldado tentara cortar o pescoço dele e, desde então, ele esconde a cicatriz. Sou um cara modesto, afirma.

Eu saio para ir interfonar para o quarto. Nada de Magda. Dou uma checada na recepção. Nenhuma mensagem. Volto para o bar e sorrio.

O vice-presidente é um cara jovem, com quase 40 anos, gente boa para um chupabarrio. Ele me aconselha a encontrar outra mulher. Que seja bella y negra. Penso, Cassandra.

O sujeito faz um gesto com a mão, e doses de Barceló aparecem tão rápido que parece até coisa de ficção científica.

O ciúme é a melhor forma de revitalizar uma relação, diz o vice-presidente. Aprendi isso quando estudava em Syracuse. Dance com outra mulher, dance merengue com ela e vai ver só se su jeva não entrará em ação.

Quer dizer, se não vai partir pra violência.

Ela bateu em você?

Quando eu contei. Ela me deu um tabefe no rosto.

Pero, hermano, por que é que você foi contar? quer saber Bárbaro. Por que simplesmente não negou tudo?

Compadre, ela recebeu uma carta. Que tinha provas.

O vice-presidente dá um sorriso fantástico, e vejo por que é o que é. Depois, quando eu voltar para casa, vou contar toda essa história para minha mãe, que vai me dizer do que esse cara era vice-presidente.

Elas só batem em você quando se importam, comenta o sujeito.

É isso aí, sussurra Bárbaro. É isso aí.

TODAS AS AMIGAS da Magda dizem que meti o chifre nela porque sou dominicano, que todos nós, da Ilha, somos uns cachorros e que não dá para confiar em nós. Duvido que eu possa falar por todos os caras dominicanos, mas duvido que elas também possam. A meu ver, não foi uma questão de genética, houve motivos. Causalidades.

A verdade é que não tem relação no mundo que não passe por turbulência. A minha e a da Magda com certeza passou.

Eu morava no Brooklyn, a gata, com os pais, em Nova Jersey. A gente se falava todos os dias pelo telefone e, nos fins de semana, se encontrava. Em geral, eu ia até lá. Num estilo bem Jersey, também: shoppings, pais, filmes, muita TV. Depois de um ano juntos, estávamos nesse pé. A nossa relação não era o sol, a lua e as estrelas, mas tampouco podia ser considerada péssima. Sobretudo nos sábados pela manhã, no meu apartamento, quando a Magda preparava um cafezinho típico del campo, coando com aquilo que parece meia. Eu disse para os pais dela na noite anterior que ela ia dormir na Claribel, mas eles deviam sacar onde ela estava, apesar de nunca terem feito comentário algum. Dormia até tarde, e a gata lia, acariciando lentamente as minhas costas, formando círculos, e, quando eu sentia estar prestes a levantar, começava a beijá-la, até ela dizer, Caramba, Yunior, você está me deixando molhadinha.

Eu não me sentia infeliz nem estava tentando pegar minas, como outros negos por ali. Claro que dava uma sacada nas outras mulheres e até dançava com elas quando saía, mas não guardava números de telefone nem coisa parecida.

Seja como for, não é como se ver alguém só uma vez por semana não esfrie a relação, porque esfria. Nada que você de fato tivesse chegado a perceber, até uma gostosa atrevida começar a trabalhar no mesmo lugar que você e, tipo, a dar em cima quase de imediato, tocando no seu peito e dizendo, ao se queixar de um moreno qualquer que está namorando e sempre a maltrata, Os negros não entendem as latinas.

Cassandra. Ela organizava as apostas de futebol, fazia palavras cruzadas enquanto falava ao telefone e era fissurada por saias jeans. A gente começou a sair para almoçar e levar a mesma conversa. Eu a aconselhei a largar o moreno, ela me aconselhou a achar uma namorada boa de cama. Na primeira semana que a conheci, cometi o erro de comentar que o sexo com a Magda nunca tinha sido grande coisa.

Caramba, tenho pena de você, disse Cassandra. Pelo menos o Rupert é bem-dotado pra caramba.

Na primeira noite que a gente transou — e foi bom, ela não tinha feito propaganda enganosa —, eu me senti tão mal que não consegui dormir, embora ela fosse uma daquelas minas cujo corpo se encaixa no seu perfeitamente. Pensei, tipo, Ela sabe, daí liguei para a Magda da cama mesmo e perguntei se estava tudo bem.

Você parece meio estranho, comentou Magda.

Eu me lembro da Cassandra pressionando a greta gostosa dela na minha perna e das palavras que saíram da minha boca, Só estou com saudades.

OUTRO DIA CARIBENHO ensolarado e perfeito, e a única coisa que a Magda disse foi Me passa o protetor solar. Hoje à noite vai ter uma festa no resort. Todos os hóspedes foram convidados. O traje é passeio, mas estou sem roupa adequada e ânimo de me arrumar. A Magda, porém, está com ambos. Põe uma calça superapertada de lamê dourado, com um tomara que caia combinando, que deixa o piercing do umbigo à mostra. Os cabelos estão brilhantes e tão escuros quanto a noite, e até me fazem lembrar da primeira vez em que beijei aqueles cachos, perguntando para ela, Onde é que estão as estrelas? E ela respondeu, Um pouco mais embaixo, papi.

Nós dois ficamos de pé, na frente do espelho. Eu de calça folgada e chacabana amarrotada, ela está passando batom. Sempre acreditei que o universo inventou o tom vermelho só para as latinas.

A gente está ótimo, comentou Magda.

É verdade. Começo a sentir certo otimismo. Penso, Essa vai ser a noitada da reconciliação. Mas, quando a abraço, ela joga a porra da bomba sem nem pestanejar: hoje, diz, ela precisa do próprio espaço.

Deixo cair os braços.

Sabia que você ia ficar puto, comenta Magda.

Você é uma babaca, sabe disso, né?

Eu nem queria vir pra cá. Foi você que me obrigou.

Se não queria vir mesmo, por que não teve coragem de dizer, cacete?

E a ladainha continua, até que, por fim, digo, Que se foda, e saio. Eu me sinto à deriva, e não faço a menor ideia do que acontecerá a seguir. Esse é o finalzinho do jogo e, em vez de usar todos os recursos possíveis, em vez de ir pongándome más chivo que un chivo, começo a sentir pena de mim mesmo, como un parigüayo sin suerte. Não paro de pensar, Eu não sou má pessoa, Até que não sou mau sujeito.

O Club Cacique está lotado. Fico procurando aquela gatinha, Lucy. Mas, em vez dela, encontro o vice-presidente e Bárbaro. Na extremidade tranquila do balcão do bar, tomam conhaque e discutem se há 56 ou 57 dominicanos na liga principal. Eles abrem espaço para mim e me dão uns tapinhas no ombro.

Este lugar está me matando, declaro.

Que dramático. O vice-presidente pega as chaves no bolso do terno. Está usando um daqueles sapatos de couro italianos que parecem chinelos trançados. Topa vir dar uma volta de carro com a gente?

Claro, respondo. Por que não?

Quero lhe mostrar o lugar de origem da nossa nação.

Antes de sair, dou uma olhada na galera. Lucy chegou. Está sozinha no outro lado do balcão, usando um vestidinho preto maneiro. Sorri, animada, ergue o braço, e vejo a marca escura, com pelos insipientes, na axila dela. Lucy está com manchas de suor por toda a roupa e mordidas de mosquito nos lindos braços. Penso, Eu deveria ficar, mas as minhas pernas me levam para fora da casa noturna.

A gente entra num BMW preto, de diplomata. Eu me sento no banco de trás, com Bárbaro; o vice-presidente vai na frente, dirigindo. Deixamos para trás a Casa de Campo e o tumulto de La Romana e, em breve, começamos a sentir o cheiro de cana processada. As estradas são escuras — estou falando de nenhuma porra de luz —, e os insetos apinham-se nos feixes dos faróis como uma praga bíblica. O conhaque vai circulando entre nós. Penso, estou com um vice-presidente, que diabos!

Ele está falando — sobre o período em que morou no norte do estado de Nova York —, mas Bárbaro também. O terno do guarda-costas está amarrotado, e a mão do cara treme conforme ele fuma os cigarros. Um guarda-costas e tanto. Vem me relatando a infância em San Juan, perto da fronteira com o Haiti. O país de Liborio. Eu queria ter sido engenheiro, diz. Construir escolas e hospitais para o pueblo. Na verdade, não estou escutando o sujeito e sim pensando na Magda, em como eu provavelmente nunca mais vou saborear su chocha de novo.

E, então, já estamos do lado de fora do carro, subindo cambaleantes um declive, em meio a arbustos, guineos e bambus, a mosquitada nos devorando como se fôssemos o especial do dia. Bárbaro leva uma lanterna imensa, um obliterador de escuridão. O vice-presidente vai praguejando, avançando pesadamente pelo matagal, dizendo, É por aqui, em algum lugar. Isso é o que eu ganho por servir no gabinete por tanto tempo. Só naquele momento percebo que Bárbaro empunha a desgrama de uma imensa metralhadora e que a mão dele parou de tremer. Não o vejo de olho nem em mim nem no vice-presidente — está escutando. Não chego a me apavorar, mas essa parada está ficando meio esquisita demais pra mim.

Que tipo de arma é essa? pergunto, puxando conversa.

Uma P-90.

Que merda é essa?

Algo velho que ficou novo.

Beleza, penso, um filósofo.

É aqui, grita o vice-presidente.

Eu me aproximo devagar e vejo que está observando um buraco no chão. A terra é vermelha. Bauxita. E o buraco mais negro que qualquer um de nós.

Esta é a Cova do Jagua, anuncia o vice-presidente com voz profunda e respeitosa. O lugar de origem dos Taínos.

Arqueio a sobrancelha. Achava que eles eram sul-americanos.

Estamos falando misticamente, aqui.

Bárbaro aponta a lanterna para o buraco, o que não faz a menor diferença.

Quer ver lá dentro?, pergunta o vice-presidente.

Devo ter dito que sim, porque o guarda-costas me passa a lanterna, os dois agarram os meus tornozelos e vão me descendo dentro do buraco. Todas as minhas moedas caem dos bolsos. Bendiciones. Não vejo quase nada, só umas cores estranhas nas paredes irregulares, e o vice-presidente vociferando para baixo, Não é linda?

Este é o lugar perfeito para uma sacação, para a pessoa dar um jeito na vida. O vice-presidente na certa anteviu seu futuro eu dependurado aqui neste breu, vislumbrou-se expulsando os destituídos dos barracos, e Bárbaro também — vislumbrou-se comprando uma casa de concreto para a mãe, mostrando a ela como usar o ar-condicionado —, mas, no meu caso, só me ocorre uma lembrança da primeira vez que eu e a Magda nos falamos. Lá na Rutgers. A gente esperava o ônibus E juntos, na George Street, e ela estava usando roxo. Todo tipo de roxo.

E foi nesse momento que percebi que tudo tinha acabado. Quando você começa a pensar no início, é o fim.

Choro, e na hora em que eles me içam, o vice-presidente comenta, indignado, Meu Deus, não precisa agir feito um medroso por causa disso.

Aquilo deve ter sido um baita vudu da Ilha: o final que vi na cova se tornou realidade. No dia seguinte nós voltamos para os Estados Unidos. Cinco meses depois, recebi uma carta da minha ex-gata. Eu já estava com outra namorada, mas a letra dela ainda arrancou cada molécula de ar dos meus pulmões.

Acontece que ela também estava namorando outro cara. Um sujeito muito legal que conhecera. Dominicano, como eu. *Exceto que ele me ama*, escreveu Magda.

Mas estou me adiantando demais. Preciso acabar de mostrar como fui idiota.

Quando voltei para o bangalô naquela noite, Magda me esperava. Tinha feito as malas e parecia ter chorado.

Vou voltar pra casa amanhã, informou.

Eu me sentei ao seu lado. Peguei sua mão. Isso pode dar certo, salientei. A gente só tem que tentar.

Nilda

NILDA ERA A NAMORADA DO MEU IRMÃO.
É assim que todas essas histórias começam.

Era dominicana, daqui, com cabelos supercompridos, que nem aquelas jovens pentecostais, e tinha um peito inacreditável — de primeira linha mesmo. Rafa levava a mina para o nosso quarto no porão às escondidas, depois que a nossa mãe ia se deitar, e transava com ela ao som do que estivesse tocando no rádio. Os dois tinham que me deixar ficar, porque, se a minha mãe me ouvisse no andar de cima, no sofá, todo mundo estaria ferrado. E, como eu não ia passar a noite me escondendo atrás de arbustos, era assim que a parada funcionava.

Rafa não fazia ruído algum, exceto por um som baixinho que mais parecia respiração. Já Nilda, sim. Parecia que estava tentando segurar o choro o tempo inteiro. Uma loucura ouvir a mina daquele jeito. A Nilda com quem eu tinha crescido era uma das garotas mais caladas de que se tinha notícia. Deixava os cabelos cobrirem o rosto, lia *Os Novos Mutantes* e só olhava direto para alguma coisa quando contemplava a vista da janela.

Mas isso foi antes de ela ter aqueles peitões, antes daquelas mechas de cabelo negro deixarem de ser algo a ser puxado no ônibus para se tornar algo a ser acariciado no escuro. A nova Nilda usava leggings e camisetas do Iron Maiden, já se mandara da casa da mãe, acabara num lar comunitário e tinha pegado o Toño, o Nestor, o Toninho de Parkwood — todos caras mais velhos. Passava várias noites no nosso apê, porque odiava a mãe, que era la borracha del barrio. De manhã ela saía antes que a mamãe acordasse e a encontrasse. Punha-se a esperar no ponto de ônibus, dando uma de quem tinha vindo da própria casa, usando as mesmas roupas do dia anterior, os cabelos puro sebo, o que levava todo mundo a achá-la asquerosa. Ficava esperando meu irmão, sem conversar com ninguém e vice-versa, pois sempre tinha sido uma daquelas minas caladonas, quase retardadas, com quem não se podia bater papo sem se cair num redemoinho de histórias bundonas. Se o Rafa decidisse não ir para o colégio, ela esperava perto do nosso apê até a nossa mãe ir trabalhar. Numas vezes, ele a deixava entrar em seguida. Noutras, dormia até tarde, e ela ficava esperando do outro lado da rua, formando letras com pedrinhas até vê-lo passar na sala.

Nilda tinha uns tremendos beiços e um rosto redondo tristonho, com a pele mais seca possível. Vivia passando creme e amaldiçoando o pai moreno, de quem herdara a pele.

Era como se Nilda ficasse eternamente à espera do meu irmão. Numas noites ela batia na porta, eu a deixava entrar e a gente se sentava junto no sofá, enquanto Rafa cumpria o meio expediente na fábrica de tapete ou malhava na academia. Eu lhe mostrava minhas HQs mais novas, e ela as lia bem pertinho de mim, só que assim que o meu irmão dava as caras a mina as jogava no meu colo e caía nos braços dele. Senti saudades, dizia com vozinha de criança, e Rafa ria. Você precisava tê-lo visto naquela época: tinha os ossos faciais de um santo. Então Mami abria a porta, Rafa se desvencilhava, caminhava com ginga de caubói até ela e dizia, Tem algum rango pra eu comer, vieja? Claro que sí, respondia Mami, tentando colocar os óculos.

Rafa nos tinha na palma da mão, da forma que só um nego bonito consegue.

Uma vez, quando ele precisou trabalhar até mais tarde, e eu e Nilda ficamos um tempão sozinhos no apê, perguntei pra ela como era o lar comunitário. Faltavam três semanas para o término do ano letivo, e estava todo mundo naquele clima de não fazer porra nenhuma. Eu tinha 14 anos e estava lendo *Dhalgren* pela segunda vez. Contava com um QI que daria dois do seu, mas eu o teria trocado por um rosto ao menos passável num piscar de olhos.

Era bem legal lá, contou a Nilda para mim. Ela agitava a gola da frente-única, tentando ventilar o peito. A comida não podia ser considerada nada boa, mas tinha um montão de cara gato no lar comigo. E todos me queriam.

Começou a roer uma unha. Até os funcionários de lá ficaram me ligando depois que saí, revelou ela.

A ÚNICA RAZÃO para o Rafa ter ido atrás dela foi sua última namorada em período integral ter voltado para a Guiana — era uma garota dougla, com monocelha e pele deslumbrante — e Nilda ter dado em cima dele. Embora Nilda tivesse saído do lar comunitário fazia poucos meses, já tinha fama de cuero. Muitas garotas dominicanas da cidade precisavam lidar com um baita confinamento — nós as víamos no ônibus, no colégio e às vezes no Pathmark, mas, como a maioria das famílias tinha plena consciência do tipo de tígueres que perambulava pelo bairro, não deixava que as minas ficassem de bobeira na rua. Nilda era diferente. Era o que a gente chamava, naquela época, de morena classe baixa. A mãe não passava de uma pinguça barra-pesada, que vivia zanzando pela South Amboy com os namorados brancos — uma forma de dizer que Nilda também podia circular e, cara, era justamente o que ela fazia. Sempre solta no mundo, sempre com os carros se aproximando dela. Antes mesmo que eu ficasse sabendo que a gata tinha voltado do lar comunitário, foi traçada por um cara mais velho dos apartamentos dos fundos. Ele comeu Nilda por quase quatro meses, e eu costumava ver os dois circulando no Sunbird enferrujado e caindo aos pedaços dele, enquanto entregava meus jornais. O bundão tinha tipo 300 anos, mas, como tinha um carro, uma coleção de discos e álbuns de fotos do seu tempo no Vietnã e como havia comprado roupas para substituir as molambentas que ela usava, Nilda ficou caidinha por ele.

Eu não ia com os cornos do sujeitinho, mas, no que dizia respeito aos caras, para Nilda não havia conversa. Ainda assim eu perguntava, O que é que manda o Pinto Murcho? E ela ficava tão fula da vida que passava dias sem falar comigo e, depois, me mandava um bilhete, Quero que você respeite o meu homem. Como quiser, eu respondia. Aí o velho se mandou, ninguém sabia para onde, uma situação comum no meu bairro e, por uns meses, ela foi jogada de um lado para o outro pelos manos de Parkwood. Nas quintas, o dia das HQs novas, Nilda aparecia para ver o que eu tinha escolhido e sempre me contava como se sentia infeliz. A gente ficava ali sentado até escurecer, daí o bipe dela começava a tocar, ela dava uma olhada no visor e dizia, Tenho que ir. Algumas vezes eu conseguia pegar a mão dela e puxá-la de volta para o sofá, onde continuávamos por um tempão, eu esperando que se apaixonasse por mim, Nilda esperando sei lá o quê; noutras vezes, a mina ficava séria. Tenho que ir ver o meu homem, salientava.

Numa dessas quintas-feiras, o que ela acabou vendo foi o meu irmão voltar da corrida de oito quilômetros. Rafa ainda fazia boxe naquela época, tinha o corpo incrivelmente definido, os peitorais e os abdominais tão marcados que pareciam obra de um desenho do Frazetta. E ele reparou nela porque a gata usava um daqueles shorts minúsculos, com uma camiseta que não conteria nem um espirro, uma parte da barriga tanquinho aparecendo entre os tecidos; então, sorriu para ela, que ficou séria e pouco à vontade, daí pediu que Nilda lhe preparasse chá gelado, e a mina mandou que ele mesmo fosse preparar. Você é que é a convidada aqui, comentou Rafa. Devia contribuir para a porra do seu sustento. Meu irmão foi tomar banho e, assim que o fez, Nilda foi remexer na cozinha; eu cheguei a lhe dizer que deixasse pra lá, mas a garota retrucou, Melhor fazer mesmo. Nós tomamos tudo.

Eu quis avisá-la, contar que o Rafa era um monstro, mas ela já havia caído na dele na velocidade da luz.

No dia seguinte, o carro do meu irmão quebrou — que coincidência — e, por isso, ele pegou o ônibus até o colégio e, quando passou pelo nosso banco, pegou a mão dela e fez com que se levantasse, aí Nilda disse, Me solta. Os olhos da Nilda não desgrudavam do piso. Só quero te mostrar uma coisa, insistiu ele. Ela chegou a puxar o braço, mas o resto do corpo estava pronto para ir. Vem, insistiu ele, e Nilda foi. Guarda o meu lugar, pediu, por sobre o ombro, e eu respondi, tipo, Pode deixar. Antes mesmo de a gente sacolejar até a 516, Nilda já estava no colo do Rafa, e ele com a mão metida tão profundamente na saia dela que se tinha a impressão de que conduzia um procedimento cirúrgico. Quando a gente foi sair do ônibus, Rafa me puxou para o lado e pôs a mão na frente do meu nariz. Cheira só, disse. Isso é o que tem de errado com as mulheres.

Não deu pra chegar perto da Nilda pelo resto do dia. Ela prendeu os cabelos atrás e ficou toda cheia de si. Até mesmo as brancas souberam do meu irmão sarado, um-cara-já-quase-no-último-ano, e ficaram impressionadas. E, enquanto Nilda se sentava à extremidade da nossa mesa no almoço e cochichava com umas garotas, eu e os meus parceiros comemos umas porcarias de sanduíche e conversamos sobre os X-Men — isso quando esses super-heróis ainda faziam algum sentido — e, mesmo que não quiséssemos admitir, a realidade já se mostrava, àquela altura, patente e terrível: todas as beldades focavam no ensino médio, como mariposas atraídas pela luz, e não havia nada que nós, os pirralhos, pudéssemos fazer. Quem mais sentiu a deserção da Nilda foi o meu mano José Negrón — vulgo Zé Negão —, que chegara mesmo a achar que tinha alguma chance com ela. Assim que Nilda voltara do lar comunitário, ele segurara a mão da gata no ônibus e, apesar dela ter saído com outros caras, o mané nunca se esquecera disso.

Eu estava no porão, três noites depois, quando ela e o Rafa transaram. Naquela primeira vez, nenhum dos dois fez barulho.

ELES SAÍRAM JUNTOS durante todo aquele verão. Mas não me lembro de ninguém fazendo nada muito especial. Eu e a minha galerinha patética fizemos uma excursão a pé a Morgan Creek e nadamos na água lixiviada do aterro; como estávamos começando a encher a cara naquele ano, o Zé Negão roubava garrafas do estoque do pai e a gente ia beber nas esquinas atrás dos prédios, perto dos balanços. Por causa do calor e do que eu sentia dentro do peito, ficava muitas vezes no apê, com o meu irmão e Nilda. Rafa andava pálido, cansado o tempo todo: algo que vinha acontecendo nos últimos dias. Eu dizia, Olhe só pra você, seu branquelo, e ele, Olhe só pra você, seu negão feio. O meu irmão estava sem disposição para quase tudo e, além do mais, como o carro dele tinha pifado de vez, a gente ficava de bobeira lá no apê, com o ar-condicionado ligado, vendo TV. Ele tinha decidido não voltar para o colégio pra terminar o último ano do ensino médio e, apesar da nossa mãe estar arrasada, tentando fazer com que o filho se sentisse culpado cinco vezes por dia, o Rafa não falava de outra coisa. Estudar nunca tinha sido a praia dele e, depois que o nosso velho largou a gente para ficar com uma mina de 25 anos, meu irmão não achou que precisasse continuar fingindo mais. Eu estou a finzão de fazer uma porra de uma viagem longa, contou para nós. Conhecer a Califórnia antes que ela seja inundada pelo mar. Califórnia, disse eu. Califórnia, repetiu. Nego pode dar as caras lá. Eu também queria ir, comentou Nilda, mas Rafa nem respondeu. Fechara os olhos, obviamente com dor.

Quase nunca falávamos sobre o nosso pai. No meu caso, eu simplesmente me sentia feliz por não apanhar mais, só que, uma vez, no início da Última Grande Ausência, perguntei para o meu irmão onde achava que ele estava, e ele respondeu, Como se eu desse a mínima.

Fim de papo. Por toda a eternidade.

Nos dias em que nego ficava fora de si de tão entediado, a gente ia até a piscina e entrava de graça, porque o meu irmão era amigo de um dos salva-vidas. Eu nadava, Nilda ficava arrumando desculpa para contornar a piscina de biquíni e mostrar como estava com tudo no lugar, e Rafa se esparramava debaixo da barraca, absorvendo aquilo tudo. Às vezes, meu irmão me chamava, e nós ficávamos ali sentados por um tempo, daí ele fechava os olhos, eu observava a água secar nas minhas pernas acinzentadas e ele me mandava ir até a piscina. Quando a Nilda terminava de desfilar e voltava para o canto em que Rafa estava de bobeira, se ajoelhava do lado dele, e os dois se beijavam por um tempão, as mãos dele acariciando as costas da mina de alto a baixo. Nada como uma garota de 15 anos com corpo escultural, pareciam dizer aquelas mãos, pelo menos para mim.

Zé Negão sempre ficava de olho nos dois. Mano, sussurrou, ela é tão gostosa que eu lamberia a rosquinha dela *e* contaria pra vocês.

Talvez eu até tivesse achado que formavam um casal legal, se não conhecesse Rafa. Embora meu irmão aparentasse estar enamorado, tinha também umas gostosas rondando na área. Tipo uma branca classe baixa lá de Sayreville e uma morena de Nieuw Amsterdam Village, que também passava a noite lá em casa e lembrava um trem de carga quando transava com ele. Não me lembro do nome da mina, mas da forma como o permanente dela brilhava sob o reflexo do nosso abajur.

Em agosto, Rafa largou o emprego na fábrica de tapetes: Ando cansado pra caralho, reclamou, e certas manhãs os ossos da perna doíam tanto que ele demorava a se levantar. Os romanos costumavam estraçalhar pernas com barras de ferro, contei para ele, enquanto massageava suas canelas. A dor te matava na hora. Beleza, disse ele. Me anima mais, vai, seu babaca. Um dia, a mamãe o levou ao hospital, para fazer um checkup, depois os encontrei sentados no sofá, ainda arrumados, vendo TV como se nada tivesse acontecido. Estavam de mãos dadas, e Mami parecia minúscula do lado dele.

E aí?

Rafa deu de ombros. O médico acha que estou com anemia.

Anemia não é ruim.

É, disse Rafa, dando uma risada amargurada. Deus abençoe a Assistência Médica Gratuita.

Sob o reflexo da TV, ele parecia péssimo.

AQUELE FOI O verão em que tudo o que nos tornaríamos já pairava sobre as nossas cabeças. As garotas começavam a me olhar; eu não era bonito, mas sabia escutar e tinha músculos de boxeador no braço. Num outro universo na certa me dei bem, conseguindo novias tesudas e trabalhos irados e um mar de amor no qual nadar, mas neste mundo eu tinha um irmão que estava morrendo de câncer e um longo e sombrio trecho de vida à espreita, com mais de um quilômetro de gelo negro escorregadio adiante.

Certa noite, algumas semanas antes do início das aulas — eles devem ter achado que eu estava dormindo —, Nilda começou a contar para Rafa seus planos para o futuro. Acho que até ela sabia o que estava prestes a acontecer. Escutá-la se imaginando dali a algum tempo foi a coisa mais triste de se ouvir. Como ela queria se afastar da mãe e abrir um lar comunitário para crianças que fugiam de casa. Só que esse seria superlegal, disse. Daria apoio à garotada normal, que está com problemas. Ela devia amar meu irmão, pois continuou na maior trela. Muitos brothers falam das ocasiões em que a rima flui e, naquela noite, foi o que eu realmente ouvi, uma parada ininterrupta, que a um só tempo se engalfinhava e dava certo. Rafa não disse nada. Talvez estivesse acariciando os cabelos dela, talvez estivesse tipo, Vá se foder. Quando Nilda acabou, ele nem ao menos deixou escapar um uau. Eu queria me matar de tanto constrangimento. Mais ou menos meia hora depois ela se levantou e começou a se vestir. Não podia me ver, ou teria descoberto que eu a achava uma tremenda gata. Meteu os pés em cima da calça e a puxou de uma só vez, daí encolheu a barriga para abotoá-la. Até mais, disse a mina.

A-hã, resmungou Rafa.

Depois que Nilda foi embora, ele ligou o rádio e começou a bater no saco de pancada. Parei de fingir que estava dormindo, me sentei e fiquei olhando para ele.

Vocês brigaram ou algo assim?

Não, respondeu.

Por que é que ela vazou?

Ele se sentou na minha cama, o peito molhado de suor. Ela teve que vazar.

Mas onde é que ela vai ficar?

Sei lá. Rafa pôs a mão no meu rosto, com suavidade. Por que está se metendo onde não é chamado?

Uma semana depois, ele começou a sair com outra mina. Uma mulher de Trinidad, uma cocoa pañyol, com um sotaque americano falso pra cacete. Era assim que a gente se sentia naquela época. Nenhum de nós queria fazer parte da comunidade negra. Não a troco de nada.

ACHO QUE DOIS anos se passaram. Àquela altura, meu irmão já partira, e eu estava a caminho da piração total. Matava aula quase o tempo todo, não tinha amigos, ficava enfurnado dentro do apê, vendo Univision ou caminhando até a lixeira para fumar a mota que devia estar vendendo, até não poder ver mais. Nilda tampouco estava numa boa. Tinha acontecido um monte de coisa com ela, nada que tivesse a ver nem comigo nem com meu irmão. Ela se apaixonara algumas outras vezes, caíra de amores por um camionero moreno que a levou para Manalapan, aí a largou no final do verão. Tive que ir até lá para buscá-la de carro, numa das casinhas caixa de fósforos com um jardim minúsculo e zero charme; ela começou a agir como una chica italiana e me cantou no carro, mas pus a mão sobre a dela e mandei que parasse. Depois de voltar para o bairro, Nilda conheceu por acaso outros manés, uns jovens que tinham vindo transferidos da cidade, que lhe contavam seus dramas, e algumas das minas deles bateram nela, uma surra típica de Newark, a Cidade dos Tijolos, e a mina perdeu os dentes inferiores da frente. Ela começava a ir ao colégio e parava, depois foi obrigada a ter aulas em casa e, então, acabou largando tudo de vez.

No meu penúltimo ano do ensino médio, Nilda começou a entregar jornais para fazer uma grana e, como eu passava muito tempo fora de casa, a via de vez em quando. Partia meu coração. Ainda não chegara ao fundo do poço, mas estava a caminho e, sempre que a gente se cruzava, ela sorria e dizia oi. Começara a engordar, cortara os cabelos bem curtos, deixando praticamente nada, e seu rosto redondo se mostrava apático e solitário. Eu sempre dizia E aê e, quando tinha cigarro, dava tudo para ela. Nilda tinha ido para o enterro, junto com algumas das outras minas dele, com uma saia de arrasar, como se ainda pudesse convencer o Rafa de algo, dera um beijo na minha mãe, embora la vieja nem soubesse quem ela era. No caminho de casa, tive que explicar para a Mami, que só se lembrava mesmo de que se tratava da mina que cheirava bem. Só quando ela fez esse comentário eu me dei conta de que era verdade.

TINHA DURADO APENAS um verão, e Nilda não era ninguém especial, então, que diferença fazia? Ele se foi, ele se foi, ele se foi. Estou com 23 anos, neste momento lavando roupas no minishopping na Ernston Road. Ela está aqui comigo — dobrando os troços dela, sorrindo, mostrando a boca banguela e dizendo, Faz um tempão, não faz, Yunior?

Anos, digo, metendo a roupa branca na máquina. Lá fora, não há gaivotas no céu e, no nosso apê, minha mãe me espera com o jantar. Seis meses atrás, a gente estava sentado na frente da TV, e la vieja disse, Bom, acho que finalmente superei a dor de viver neste lugar.

Nilda pergunta, Você se mudou ou algo assim?

Eu balanço a cabeça. Só ando trabalhando.

Pô, faz um tempão mesmo. Ela lida com a roupa de um jeito mágico, deixando tudo ajeitadinho, tudo arrumado. Tem mais quatro pessoas paradas às bancadas, uns manos com cara de liso, meias até o joelho, chapéu de crupiê e cicatrizes cortando os braços, todos parecendo sonâmbulos comparados com ela. Nilda meneia a cabeça, dando o maior sorriso. O seu irmão, diz.

Rafa.

Ela aponta o dedo para mim, como o meu irmão fazia.

Sinto saudade dele, às vezes.

A mina balança a cabeça. Eu também. Era um cara legal comigo.

Devo estar com uma expressão incrédula, porque ela acaba de sacudir as toalhas e fica olhando fixamente para mim, como se eu não estivesse ali. Ele me tratava bem.

Nilda.

Rafa costumava dormir com os meus cabelos no rosto. Dizia que fazia com que se sentisse seguro.

O que mais podemos dizer? Ela termina de empilhar a roupa. Abro a porta para ela. Neguinho fica olhando a gente sair. Caminhamos na direção do velho bairro, mais devagar por causa do peso das roupas. London Terrace está diferente, agora que fecharam o aterro sanitário. Aluguéis mais caros, brancos e uma galera pirada do subcontinente indiano morando nos apês, mas são os nossos filhos que se veem nas ruas, apoiados nas varandas.

Nilda anda olhando para o chão, como se estivesse com medo de cair. Meu coração está batendo acelerado e penso, A gente podia fazer qualquer coisa. Casar. Dirigir até a Costa Oeste. Recomeçar. Tudo isso é possível, mas eu e ela ficamos sem falar nada por um longo tempo, aí o momento vai embora e voltamos para o mundo que sempre conhecemos.

Lembra o dia em que a gente se conheceu?, pergunta Nilda.

Balanço a cabeça, concordando.

Você queria jogar beisebol.

Era verão, comento. Você estava de camiseta de alcinha.

Daí me fez botar uma blusa por cima, para que eu pudesse jogar no seu time. Lembra?

Lembro.

A gente nunca mais se falou. Alguns anos depois fui para a universidade e não faço a menor ideia de onde diabos ela se meteu.

Alma

Você, Yunior, está com uma namorada chamada Alma, que tem pescoço de égua longo e macio, bem como um tremendo traseiro dominicano, que parece existir numa quarta dimensão, para além do jeans. Um traseiro que poderia fazer a lua sair de órbita. Um traseiro do qual ela nunca gostou, até conhecer você. Não há dia que passe sem que você esteja a fim de enfiar a cara naquela bunda e mordiscar os tendões delicados e corrediços daquele pescoço. Adora a forma como ela estremece quando você a morde, como luta com você com aqueles bracinhos tão magricelos que poderiam ganhar destaque num programa de entrevista à tarde.

Alma estuda na Mason Gross, é uma daquelas alternativas fãs do Sonic Youth e de HQs, sem as quais você talvez nunca tivesse perdido a virgindade. Cresceu em Hoboken, parte da comunidade latina cujo coração queimou nos anos 1980, por causa dos incêndios nos prédios populares. Passou quase todos os dias da adolescência no Lower East Side, achou que aquela sempre seria a sua casa, mas aí tanto a NYU quanto a Columbia disseram nyet, e ela acabou mais longe da cidade que antes. Alma está se dedicando à pintura agora, e as pessoas que pinta ficam todas cor de mofo, parecendo ter acabado de ser retiradas do fundo de um lago. O último quadro dela foi de você, apoiado na porta da frente: só reconhecível pelo cenho franzido de garoto-que-teve-uma-péssima-infân-cia-de-terceiro-mundo-então-só-me-resta-esta-atitude. Alma realmente lhe desenhou com um antebraço imen-so. *Eu falei que você ia ganhar músculos.* Nas últimas semanas, agora que o calor chegou, ela deixou o preto de lado e começou a usar aqueles vestidinhos minúsculos feitos de tecidos que parecem lenços de papel; não seria preciso mais que um vento forte para ela ficar pelada. Alma alega que faz isso para você: *Estou resgatando minha herança dominicana* (o que não chega a ser uma balela total — ela está até aprendendo espanhol para ajudar a sua mãe) e, quando você a vê na rua, se mostrando, se mostrando, sabe exatamente o que todo mano que passa por ela pensa, porque você está pen-sando o mesmo.

Alma é magra feito um palito, você um cara bomba-do e fissurado em esteroide; Alma gosta de passear de carro, você, dos seus livros; Alma tem um Saturn, você zero pontos na carteira; as unhas da Alma são por demais pintadas para cozinhar, seu macarrão con pollo é o melhor do planeta. Vocês são completamente diferentes — ela revira os olhos sempre que você começa a ver o noticiário e diz que "odeia" política. Recusa-se até a se autointitular hispânica. Faz questão de dizer para as amigas que você é "radical", um dominicano de verdade (embora sua posição no Índice Plátano não seja nada boa, já que Alma é apenas a terceira latina que namora). Você faz questão de dizer aos amigos que ela tem mais álbuns que qualquer um deles e que solta um montão de palavras indecentes de branquela quando transam. É mais ousada na cama que qualquer outra que já teve; no primeiro encontro, perguntou se você queria gozar no peito ou no rosto dela, e, como você não deve ter aprendido direito uma ou outra coisa quando era garoto, respondeu, hum, nenhum dos dois. E, ao menos uma vez por semana, Alma fica de joelhos no colchão, na sua frente, uma das mãos apertando os mamilos escuros, a outra se esfregando, sem deixar que você a toque, os dedos movendo-se rápido na zona macia, uma expressão desesperada e furiosamente feliz no rosto. E também curte falar nessa hora, sussurrar, Você adora ficar me vendo, não adora, gosta de me ouvir gozar, e, quando termina, deixa escapar um gemido longo e exausto, para só então deixar que a abrace, enquanto ela passa os dedos viscosos no seu peito.

É isso aí — uma parada tipo opostos se atraem, uma parada tipo o sexo é fodástico, uma parada tipo não é preciso parar pra pensar. Beleza pura! Demais! Até um dia, em junho, Alma descobrir que você também está pegando a gatinha do primeiro ano chamada Laxmi e descobrir que está transando com a mina porque ela, Alma, a namorada, abre o seu diário e lê. (Ah, mas já andava desconfiada.) Ela o espera na entrada da casa e, quando você chega no Saturn dela, nota o diário nas mãos da sua namorada, o que faz seu coração irromper pelo corpo como um bandido gordo pelo alçapão de um carrasco. Você leva um tempo para desligar o carro. Uma tristeza pelágica o sobrepuja. Tristeza de ter sido pego, da sacação imediata de que ela nunca o perdoará. Você olha fixamente para as pernas lindas dela e, entre elas, para aquela pópola incrível que você amou de forma tão inconstante nos últimos oito meses. Só quando Alma começa a andar na sua direção, fula da vida, você sai: saracoteando pelo gramado, impulsionado pelas últimas emanações tóxicas da sua ultrajante sinvergüencería. E aí, muñeca, diz, tergiversando até o fim. Quando ela começa a gritar, você pergunta, Querida, o que é que houve? Ela o chama de:

> filho da puta
> cafajeste de merda
> dominicano traíra

Afirma:

> que o seu pênis é pequeno
> que não tem nenhum
> e, o pior de tudo, que você gosta de boceta
> ao curry.

(o que não é nem um pouco justo, você tenta explicar, já que Laxmi é da Guiana, só que Alma nem lhe dá ouvidos).

Em vez de abaixar a cabeça e enfrentar tudo feito homem, você pega o diário como quem seguraria uma fralda amerdalhada de neném, como quem apertaria com dois dedos uma camisinha recentemente aporralhada. Passa os olhos pelos trechos ofensivos. Em seguida, fita Alma e dá aquele sorrisinho do qual sua face dissimulada vai se lembrar pelo resto dos seus dias. Querida, diz, querida, isso faz parte do meu romance.

É assim que você a perde.

Otravida, Otravez

ELE ESTÁ SENTADO NA CAMA, a bunda gorda repuxando os lençóis sob medida dos cantos do colchão. As roupas estão duras do frio, os respingos de tinta seca na calça congelados, parecendo rebites. Ele cheira a pão. Está falando sobre a casa que quer comprar, sobre como é difícil encontrar uma quando se é latino. Assim que peço que se levante para eu ajeitar a cama, ele vai até a janela. Tanta neve, comenta. Faço que sim com a cabeça e penso que gostaria que se calasse. Ana Iris está tentando dormir no outro lado do quarto. Passou metade da noite rezando pelos filhos em Samaná, e sei que de manhã tem que trabalhar na fábrica. Move-se irrequieta, enterrada sob os edredons, a cabeça debaixo de um travesseiro. Até mesmo aqui nos Estados Unidos põe um mosquiteiro em cima da cama.

Tem um caminhão tentando dobrar a esquina, informa ele. Eu que não queria estar na pele daquele chamaco.

Tem muito tráfego nesta rua, comento, e é verdade. De manhã encontro o sal e o cascalho que os caminhões jogam no gramado da frente, pequenas pilhas de tesouro na neve. Melhor se deitar, digo, então ele vem até mim e se mete debaixo das cobertas. As roupas dele estão rígidas, e espero até esquentar o bastante debaixo dos lençóis antes de soltar a fivela do cinto dele. Nós estremecemos juntos, e ele não me toca até pararmos.

Yasmin, diz. O bigode dele pressiona minha orelha, me espeta. Hoje um cara morreu na fábrica de pão. Ele fica calado por um instante, como se o silêncio fosse o elástico que impulsionaria as palavras seguintes. O sujeito caiu do caibro. Foi encontrado por Héctor en la cinta transportadora.

Era amigo seu?

Era. Eu recrutei el tipo num bar. Disse que não seria enganado.

Que terrível, comento. Espero que não tenha família.

Na certa tem.

Você viu o cara?

Como assim?

Você viu o sujeito morto?

Não. Chamei o gerente, que me disse para não deixar ninguém chegar perto. Ele cruza os braços. Faço aquele trabalho no telhado o tempo todo.

Você é um cara de sorte, Ramón.

É, mas e se tivesse sido eu?

Que pergunta mais idiota.

O que você teria feito?

Eu o encaro; Ramón andou saindo com as mulheres erradas, se espera mais. Tenho vontade de dizer, Exatamente o mesmo que a sua esposa está fazendo em Santo Domingo. Ana Iris resmunga alto no canto, mas só está fingindo. Tentando evitar que eu me meta em confusão. Ele se cala, porque não quer acordá-la. Depois de um tempo se levanta e vai se sentar perto da janela. Tinha começado a nevar de novo. Segundo a estação de rádio WADO, este inverno será o pior dos últimos quatro, talvez até dos últimos dez anos. Observo Ramón: está fumando, os dedos delineando os ossos indistintos em volta dos olhos, a pele flácida em torno da boca. Eu me pergunto em quem ele pensa naquele momento. Na mulher, Virta, ou talvez no filho. Ramón tem uma casa em Villa Juana; vi as fotos que a esposa mandou. Ela parece magra e triste, o filho morto ao lado. Ele mantém as fotos num pote debaixo da cama, hermeticamente fechado.

A gente pega no sono, sem se beijar. Mais tarde eu acordo, e Ramón também. Pergunto se vai voltar para casa, e ele diz que não. Quando me desperto novamente, ele continua dormindo. No frio e na escuridão do quarto, podia ser praticamente qualquer um. Ergo a mão gorducha. É pesada, e tem farinha debaixo de todas as unhas. Às vezes à noite beijo os nós dos dedos dele, tão enrugados quanto ameixas. Nesses três anos que estamos juntos, as mãos nunca deixaram de ter gosto de biscoito e pão.

RAMÓN NÃO FALA comigo nem com Ana Iris enquanto se veste. No bolso de cima do casaco leva uma lâmina de barbear azul, cuja borda afiada começou a enferrujar. Ensaboa as maçãs do rosto e o queixo, a água caindo gelada dos canos, daí raspa bem a pele, trocando pelos incipientes por crostas de ferida. Fico observando, meu peito nu todo arrepiado. Ramón desce pisoteando duro e sai da casa, com um pouco de pasta nos dentes. Assim que vai embora, escuto as companheiras que dividem a casa comigo se queixarem dele. Ele não tem o próprio canto para dormir não? Elas vão me perguntar assim que eu for até a cozinha. Tem sim, vou responder, sorrindo. Através da janela cheia de gelo, vejo quando Ramón põe o capuz e fecha mais a tripla camada de camisa, suéter e casaco.

Ana Iris chuta as cobertas para longe. O que é que você está fazendo?, pergunta para mim.

Nada, respondo. Sob a loucura dos seus cabelos, ela observa enquanto me visto.

Você precisa aprender a confiar nos seus homens, aconselha.

E confio.

Ana Iris dá um beijo no meu nariz, aí desce. Penteio o cabelo, tiro os farelos e os pentelhos das minhas cobertas. Ela não acha que ele vai me deixar, acredita que já está acomodado demais aqui, que estamos juntos há muito tempo. É o tipo de homem que iria até o aeroporto mas não conseguiria embarcar, afirma. A própria Ana Iris deixou os filhos na Ilha e não vê os três meninos há quase sete anos. Sabe o que tem que se sacrificar numa viagem.

No banheiro, fito meus olhos. Os pelinhos do Ramón tremulam em gotas d'água, como agulhas de bússola.

Trabalho a dois quarteirões dali, no hospital St. Peter. Nunca me atraso. Nunca saio da lavanderia. Nunca saio da fornalha. Coloco a roupa nas lavadoras, nas secadoras, retiro a camada de fiapos que se forma na tela, encho de sabão em pó os dosadores. Coordeno quatro funcionárias, ganho um salário de americano, mas dou um duro danado. Separo pilhas de lençóis com mãos enluvadas. As assistentes hospitalares — a maioria morena — trazem os lençóis. Nunca vejo os doentes, que só me visitam através das manchas e das marcas que deixam na roupa de cama, o alfabeto dos doentes e moribundos. Muitas vezes as manchas são tão profundas que tenho que jogá-las no cesto especial. Uma das meninas de Baitoa me contou que ouviu dizer que tudo o que se coloca ali é incinerado. Por causa da aids, sussurra. Numas ocasiões as manchas se mostram oxidadas e velhas, noutras, o sangue vem com um cheiro forte, como a chuva. Seria de pensar, com todo o sangue que a gente vê, que está rolando uma baita guerra no mundo. Só a que rola dentro dos corpos, diz a garota nova.

Embora as minhas meninas não sejam muito confiáveis, gosto de trabalhar com elas. Põem música para tocar, brigam, contam histórias engraçadas. E como eu não grito com elas nem infernizo as suas vidas, também gostam de mim. São jovens, enviadas para os Estados Unidos pelos pais. Têm a mesma idade que eu tinha quando cheguei e me veem agora, aos 28, depois de cinco anos aqui, como uma veterana, um marco, mas, naquela época, logo no início, eu me sentia tão só que todo dia tinha a sensação de que o meu próprio coração estava sendo devorado.

Algumas das meninas têm namorados, e é justamente nelas que não dá para confiar muito. Chegam atrasadas ou faltam semanas inteiras, resolvem se mudar para Nueva York ou Union City e nem avisam. Quando isso acontece, tenho que ir falar com o gerente. É um sujeito baixinho, esquelético, com cara de passarinho, sem pelos no rosto, mas com tufos deles no peito e no pescoço. Conto o que ocorreu, daí ele pega a solicitação da garota e a parte no meio, o som mais nítido possível. Em menos de uma hora, uma das outras meninas me manda uma amiga com outra solicitação de emprego.

A garota mais nova se chama Samantha e não é nada mole. Morena, sobrancelhas grossas e uma boca que mais parece caco de vidro não varrido — quando você menos espera, ela a corta. Conseguiu o trabalho depois que uma das outras meninas fugiu para Delaware. Está nos Estados Unidos há apenas seis semanas e não consegue acreditar no frio. Já tropeçou duas vezes nos barris de sabão e tem o péssimo hábito de trabalhar sem luvas e, em seguida, esfregar os olhos. Ela me conta que tem estado doente, que precisou se mudar duas vezes, que as companheiras com quem divide a casa roubaram a grana dela. Tem o olhar irrequieto e amedrontado dos desafortunados. Trabalho é trabalho, digo para ela, mas lhe empresto o suficiente para os seus almoços e deixo que lave as próprias roupas nas nossas máquinas. Fico esperando que me agradeça, mas, em vez disso, a garota me diz que falo como um homem.

Algum dia fica melhor? Escuto quando ela pergunta para as outras. Só piora, respondem. Espere só até a chuva glacial. A menina me olha, com um meio sorriso, insegura. Tem 15 anos, talvez, é magra demais para ter tido filho, mas já me mostrou as fotos do garotinho gorducho, Manolo. Está esperando que eu responda, eu em especial, porque soy la veterana, mas começo a pôr roupa na máquina. Tentei explicar para ela o truque de dar um duro danado, mas, pelo visto, não dá a mínima. A menina estoura a bola do chiclete e sorri para mim como se eu tivesse 70 anos. Desdobro o lençol seguinte e vejo, como uma flor, a mancha de sangue, menor que a minha mão. Cesto, digo, e Samantha o abre. Emboloto o lençol e o jogo. Acerto em cheio, e ele entra desajeitadamente, as pontas arrastadas para dentro pela parte central.

DEPOIS DE NOVE horas ajeitando roupa de cama, estou em casa, comendo yuca fria com azeite apimentado, esperando Ramón vir até aqui no carro que pediu emprestado. Vai me levar para ver outra casa. É o sonho dele desde que pôs os pés nos Estados Unidos e, agora, com todos os empregos que teve e o dinheiro que economizou, ele se tornou possível. Quantos chegam a esse ponto? Só os que nunca mudam de direção, que nunca cometem erros, que nunca são azarados. Entre eles, mais ou menos, está Ramón. As intenções dele são sérias em relação à casa, o que significa que as minhas também têm que ser. Toda semana a gente sai e procura. Ele faz disso um evento, vestindo-se como se fosse fazer uma entrevista para conseguir visto, daí vamos de carro até as áreas mais tranquilas de Paterson, onde as árvores se espalharam em meio aos telhados e às garagens. É importante tomar cuidado, diz ele, e eu concordo. Ramón me leva junto sempre que pode, mas até mesmo eu noto que não ajudo muito. Não gosto de mudança, explico para ele, aí só vejo o que há de errado nos lugares que meu companheiro quer e, mais tarde, no carro, ele me acusa de sabotar su sueño, de ser complicada.

Hoje à noite, temos que ir ver outra. Ramón entra na cozinha batendo as mãos rachadas, mas estou de mau humor, e ele nota. Então se senta perto de mim. Põe a mão no meu joelho. Você não vai?

Estou doente.

Muito?

Ruim o bastante.

Ele esfrega a barba que começa a nascer. E se eu achar o lugar? Quer que eu tome a decisão sozinho?

Não acho que vai acontecer.

Mas e se acontecer?

Você sabe que nunca vai me convencer a ir para lá.

Ramón franze a testa. Dá uma olhada no relógio. Vai embora.

Como Ana Iris está no segundo emprego, passo a noite só, escutando no rádio o frio tomando cada vez mais o país inteiro. Tento ficar na minha, mas, às nove, já estou com os troços que Ramón guarda no meu closet espalhados na minha frente, os troços que ele me manda nunca tocar. Livros, algumas roupas, uns óculos velhos num estojo de papelão, duas chancletas usadas. Centenas de bilhetes de loteria fora de validade, em maços grossos e encrespados que se desfazem quando tocados. Dezenas de cartões de beisebol, jogadores dominicanos, Guzmán, Fernández, os irmãos Alous, o rebatedor agitando o taco, o arremessador erguendo os braços e levantando a perna, prestes a fazer o lançamento, o jogador saltando para pegar a bola, logo além da linha de base. Ramón deixou umas roupas sujas para eu lavar, mas não tive tempo, só que esta noite eu as espalho, o fermento ainda forte nas bainhas da calça e nas camisas de trabalho.

Numa caixa no alto da estante do closet, ele tem uma pilha de cartas da Virta, presas com um elástico grosso marrom. O equivalente a quase oito anos. Todos os envelopes estão gastos e frágeis, e acho até que Ramón se esqueceu de que ficam ali. Encontrei essas cartas um mês depois de ele deixá-las naquele local, logo no início da nossa relação; não resisti à tentação e, depois, desejei ter resistido.

Ramón alega que deixou de escrever para ela há um ano, mas não é verdade. Todo mês dou um pulo no apartamento dele com a roupa lavada e leio as cartas que ela manda, as que ele guarda debaixo da cama. Sei seu nome e endereço, sei que trabalha numa fábrica de chocolate e sei que Ramón não contou nada a meu respeito.

As cartas foram ficando cada vez mais bonitas no decorrer dos anos e, agora, a caligrafia mudou também — todas as letras se inclinam, pendendo na linha seguinte com um timão. *Por favor, por favor, mi querido marido, me diz o que é que está acontecendo. Há quanto tempo a sua esposa perdeu importância?*

Depois de ler as cartas dela, eu sempre me sentia melhor. O que evidencia um lado meu nada bom.

A GENTE NÃO está aqui pra se divertir, salientou Ana Iris para mim, no dia em que a gente se conheceu, É, você tem razão, apesar de eu não querer admitir.

Hoje digo o mesmo para Samantha, que me olha com raiva. De manhã, quando cheguei ao trabalho, encontrei a garota chorando no banheiro e até que gostaria de ter permitido que descansasse por uma hora, mas a gente não tem esse tipo de chefe. Mandei que ficasse na dobragem e, neste momento, as mãos dela estão trêmulas e ela está com cara de quem vai cair no choro de novo. Fico observando a garota um tempão, daí pergunto tem algo errado, e ela responde, O que é que não tem de errado?

Este país não é nada fácil, comentou Ana Iris. Muitas meninas mal conseguem ficar um ano aqui.

Você precisa se concentrar no trabalho, aconselho a Samantha. Ajuda.

Ela balança a cabeça, o rostinho de criança inexpressivo. Na certa está com saudades do filho ou do pai do filho. Ou do nosso país inteiro, no qual você nunca pensa até se mandar e que você nunca ama até não estar mais lá. Dou uma apertada no braço dela, subo para registrar presença e, quando volto, ela já foi. As outras garotas fingem não notar. Vou checar o banheiro, só acho um monte de papel-toalha amassado no chão. Aliso as folhas e as coloco na beirada da pia.

Até mesmo depois do almoço fico esperando que ela entre e diga, Estou aqui. Só fui dar uma volta.

A VERDADE É que tenho sorte de ter uma amiga como Ana Iris. Ela é como uma irmã. A maioria das pessoas que conheço nos Estados Unidos não tem amigos aqui; se amontoa nos apartamentos. Sente frio, solidão, exaustão. Já vi as filas nos postos de telefone, os malandros que vendem números de cartões roubados, el cuarto que llevan nos bolsos.

Quando cheguei aos Estados Unidos fiquei assim, sozinha, morando em cima de um bar com outras nove mulheres. À noite ninguém conseguia dormir por causa dos gritos e das garrafas quebrando lá embaixo. As minhas companheiras brigavam o tempo todo entre si, discutindo quem devia o quê para quem ou quem tinha roubado grana. Quando eu ganhava um dinheirinho extra, ia até o posto e ligava para a minha mãe, só para poder ouvir as vozes das pessoas no meu barrio enquanto o fone ia sendo passado de mão em mão, como se eu fosse um sinal de boa sorte. Eu trabalhava para o Ramón na época; a gente ainda não estava saindo junto — isso só foi acontecer dois anos depois. Ele tenia un guiso de faxina, principalmente em Piscataway. No dia em que a gente se conheceu, ele me olhou de um jeito crítico. De que pueblo você é?

Moca.

Mata dictador, comentou, e, dali a pouco, resolveu me perguntar qual era o meu time.

Águilas, respondi, sem dar a mínima.

Licey, bradou Ramón. O único time verdadeiro da Ilha.

Com aquele mesmo tom de voz que me mandava esfregar um banheiro ou limpar um forno. Eu não gostava dele na época, pois o considerava um sujeito arrogante, que falava alto demais, o que me levou a desenvolver o hábito de cantarolar sempre que o ouvia discutir o custo com os donos das casas. Mas ao menos ele não tentava estuprar você, como inúmeros outros chefes. Ao menos isso. Evitava fazer contato com os olhos e com as mãos. Tinha outros planos, mais importantes, contou para a gente, e só de vê-lo dava para acreditar.

Nos meus primeiros meses, trabalhei na faxina e escutei o Ramón discutir. Fiz longas caminhadas pela cidade e esperei o domingo chegar para ligar para a minha mãe. Durante o dia eu parava na frente dos espelhos naqueles casarões e dizia a mim mesma que tinha me saído bem, daí voltava para casa e me encolhia na frente da TV pequena — em torno da qual a gente se apinhava — e acreditava que aquilo me bastava.

Conheci Ana Iris depois que a empresa do Ramón faliu. Tem muito pouco adinerado por estas bandas, comentou ele, sem se deixar abater. Algumas amigas marcaram o encontro, e eu conheci a Ana Iris no mercado de peixe. Ela cortava e preparava peixe conforme a gente conversava. Pensei que fosse boricua, mas depois me disse que era metade boricua e metade dominicana. O melhor e o pior do Caribe, comentou. Suas mãos eram ágeis e precisas, e seus filés não pareciam desiguais como alguns dos outros que estavam em cima do gelo escamado. Você consegue trabalhar em hospital?, perguntou Ana Iris.

Consigo fazer qualquer coisa, respondi.

Vai ter sangue.

Se você pode limpar peixe, eu posso trabalhar num hospital.

Foi ela quem tirou as primeiras fotos que eu enviei pelo correio para casa, fotos sem graça de mim, sorrindo, bem-vestida e insegura. Uma na frente do McDonald's, porque eu sabia que a minha mãe ia gostar do cenário bem americano. Outra numa livraria. Finjo ler, apesar do livro ser em inglês. Estou de coque, e a pele atrás das minhas orelhas se mostra pálida e subutilizada. Tão magra que pareço doente. A melhor foto é uma minha na frente de um prédio na universidade. Não tem nenhum aluno, só centenas de cadeiras desmontadas, colocadas na frente da construção para um evento, e eu estou de frente para elas e elas de frente para mim, e sob a luz minhas mãos se destacam no tecido azul do meu vestido.

Três noites por semana vamos dar uma olhada em casas. Todas estão em péssimas condições, residências para fantasmas, baratas e nós, los hispanos. Ainda assim, poucas pessoas as vendem para nós. Elas nos tratam bem o bastante pessoalmente, mas, no fim das contas, nunca nos dão retorno e, quando o Ramón passa dirigindo por lá depois, vê outras pessoas morando, em geral blanquitos, cuidando do gramado que deveria ser nosso, expulsando as gralhas das nossas amoreiras. Hoje um vovô, com mechas avermelhadas nos cabelos brancos, diz que gosta da gente. Serviu no nosso país durante a Guerra Civil. Povo bom, comenta. Gente bonita. A casa não está totalmente destruída, e nós dois estamos nervosos. Ramón perambula pelo lugar com altivez, como uma gata que procura um canto para dar cria. Entra nos closets, bate nas paredes e fica quase cinco minutos passando o dedo nas junções úmidas do porão. Fareja o ar, em busca de indícios de mofo. No banheiro, eu dou a descarga do vaso sanitário enquanto ele mantém a mão debaixo da água forte do chuveiro. Procuramos baratas nos armários da cozinha. No ambiente seguinte, o vovô telefona para as nossas referências e ri de algo que alguém diz.

Desliga o telefone e diz algo para Ramón que não entendo. Com essa gente não posso confiar nem no tom de voz. Los blancos xingam nuestra madre de piranha no mesmo tom em que nos saúdam você. Fico aguardando sem muita esperança, até Ramón se aproximar de mim e dizer que tudo parece ok.

Que ótimo, digo, ainda achando que ele com certeza mudaria de opinião. Ramón é um cara desconfiado.

Quando entramos no carro, começa a reclamar, certo de que o velho está tentando enganá-lo.

Por quê? Você viu alguma coisa errada?

Eles dão um jeito de deixar a casa ótima. Faz parte da trapaça. Vai ver só, daqui a duas semanas o telhado vai começar a cair.

E ele não vai consertar?

Diz que vai, mas você confiaria num viejo desses? Estou surpreso que ele ainda consiga se mover.

Não falamos mais. Ramón mete a cabeça entre os ombros, fazendo com que as cordas se destaquem no pescoço. Sei que vai gritar se eu falar. Ele para na frente da minha casa, os pneus deslizando na neve.

Vai trabalhar hoje à noite?, pergunto.

Claro que vou.

Ele se recosta no Buick, cansado. O para-brisa está marcado, cheio de fuligem e, nas áreas fora do alcance dos limpadores, há uma crosta de sujeira. A gente observa dois garotos bombardearem um terceiro com bolas de neve, percebo que Ramón entristece e sei que está pensando no filho, então fico com vontade de abraçá-lo, de dizer que vai dar tudo certo.

Você vem para cá depois?

Depende de como for o trabalho.

Está bom, digo.

As minhas companheiras trocam sorrisinhos falsos sobre a toalha de mesa gordurenta quando conto sobre a casa. Pelo visto você vai ficar bien cómoda, comenta Marisol.

Não vai ter preocupações.

Nenhumazinha. Deve estar se sentindo orgulhosa.

A-hã, resmungo.

Mais tarde, deitada na cama, escuto os caminhões do lado de fora, suas plataformas sacolejando com sal e areia. Acordo de madrugada e me dou conta de que Ramón não voltou, mas só de manhã fico brava. A cama da Ana Iris está forrada, o mosquiteiro impecavelmente dobrado ao pé, uma gaze. Posso ouvi-la gargarejando no banheiro. As minhas mãos e os meus pés estão azuis de frio, e não consigo ver nada pela janela por causa da geada e dos pingentes de gelo. Quando Ana Iris começa a rezar, digo, Por favor, hoje não.

Ela abaixa as mãos. Eu me visto.

ELE TRAZ À tona de novo o tema do homem que caiu do caibro. O que você faria se tivesse sido eu?, pergunta outra vez.

Acharia outro homem, respondo.

Ramón sorri. É mesmo? E onde faria isso?

Você tem amigos, não tem?

Que homem tocaria na novia de um morto?

Sei lá, digo. Eu não precisaria contar para ninguém. Podia achar um do jeito que te encontrei.

Iam notar. Até mesmo o mais tapado veria la muerte en sus olhos.

As pessoas não ficam de luto para sempre.

Algumas ficam. Ele me dá um beijo. Aposto como você ficaria. Sou um sujeito difícil de substituir. É o que me dizem no trabalho.

Por quanto tempo você ficou de luto pelo seu filho?

Ramón para de me beijar. Enriquillo. Um tempão. E ainda sinto saudades.

Eu não noto isso só de olhar para você.

Não olha com o devido cuidado.

Não acho que dê para perceber.

Ele abaixa a mão, deixando-a do lado do corpo. Você não é uma mulher inteligente.

Só estou dizendo que não dá para notar.

Estou me dando conta disso agora, comenta. Você não é uma mulher inteligente.

Enquanto Ramón se senta perto da janela e fuma, tiro da minha bolsa a carta mais recente da sua esposa e a abro na frente dele. Ele não faz ideia de como posso ser atrevida. Uma folha, cheirando a água de violeta. *Por favor*, escreveu Virta com capricho, no meio da página. Só isso. Sorrio para Ramón e coloco a carta de volta no envelope.

Ana Iris me perguntou uma vez se eu o amava, e eu lhe contei sobre as luzes da minha antiga casa en la capital, como cintilavam, sem que nunca se soubesse se iam apagar ou não. Você tinha que apoiar as suas coisas em algum lugar e aguardar, pois não dava para fazer nada até elas se decidirem. É assim que eu me sinto, contei para Ana Iris.

Assim é a esposa dele. Baixinha, cadeiruda, a seriedade solene de uma mulher que vai ser chamada de doña antes dos 40 anos. Acho que se a gente estivesse na mesma vida, não ia ser amiga.

ESTENDO OS LENÇÓIS azuis do hospital na minha frente e fecho os olhos, mas as manchas de sangue flutuam na escuridão diante de mim. Será que dá pra recuperar este com água sanitária?, pergunta Samantha, que acabou voltando, sabe-se lá por quanto tempo. Não sei por que não mando essa garota embora de uma vez. Talvez porque queira dar uma chance a ela. Talvez porque queira ver se fica ou se vai embora. Isso por acaso me dirá alguma coisa? Muito pouco, acho. Estou com as roupas dele no saco perto dos meus pés e as lavo junto com os lençóis do hospital. Durante um dia inteiro Ramón vai ter o cheiro do meu trabalho, mas eu sei que pão é mais forte que sangue.

Ainda não deixei de procurar pelos sinais de que ele sente saudades dela. Você não devia pensar nessas coisas, aconselha Ana Iris. Tire isso da cabeça. Não vale a pena enlouquecer por causa disso.

É assim que ela sobrevive aqui e evita perder a cabeça por causa dos filhos. É assim, em parte, que todas nós aguentamos as pontas aqui. Vi uma foto dos três filhos dela, três garotinhos aprontando no Jardín Japonés, perto de um pinheiro, sorrindo, o menorzinho uma mancha alaranjada, tentando se afastar da câmera. Escuto o conselho de Ana Iris e, quando vou para o trabalho e volto, concentro-me nos outros sonâmbulos ao meu redor, nos varredores de ruas e nos homens de pé nos fundos de restaurantes, com cabelos sem corte e cigarros na boca, nos sujeitos de terno, saindo trôpegos dos trens — muitos vão dar uma passada na casa de uma amante, e é só nisso que pensarão enquanto estiverem comendo as refeições frias nas próprias residências, enquanto estiverem deitados ao lado das esposas. Penso na minha mãe, que teve um caso com um cara casado quando eu tinha 7, um sujeito de barba charmosa e maçã do rosto saliente, tão negro que todos os seus amigos e conhecidos o chamavam de Noche. Ele trabalhava no setor de cabeamento da Codetel, no campo, mas morava no nosso barrio e tinha dois hijos com uma mulher com a qual se casara em Pedernales. A esposa era superbonita e, sempre que penso na de Ramón, eu a visualizo, de salto alto, deixando à mostra metros de perna morena, um mulherão mais quente que o ar ao seu redor. Una jeva buena. Não imagino a esposa de Ramón como uma mulher sem instrução. Ela só vê novela para passar o tempo. Nas cartas, menciona um niño de que cuida, um garoto que ama quase tanto quanto amara o seu. No início, quando não fazia muito tempo que Ramón tinha partido, Virta achava que podiam ter outro filho, um como esse Victor, su amorcito. *Ele joga beisebol que nem você*, escreveu ela. Jamais menciona Enriquillo.

AQUI OCORREM TRAGÉDIAS o tempo todo — mas às vezes eu nos vejo com clareza no futuro, e é um futuro bom. A gente vai morar na casa de Ramón, vou cozinhar para ele e, quando vir que deixou comida na bancada, vou chamá-lo de zángano. Posso até me ver observando-o fazer a barba todas as manhãs. Mas, em outras ocasiões, imagino a gente naquela casa e vejo como num belo dia ensolarado (ou num como hoje, tão gelado que a sua mente muda com o vento) ele vai acordar e concluir que está tudo errado. Vai lavar o rosto e, então, acabar se virando para mim. Sinto muito, dirá. Tenho que ir embora agora.

Samantha vem trabalhar doente, com gripe forte; Estou passando supermal, comenta. Vai arrasada de uma tarefa para outra, inclinando-se na parede para descansar, não come nada e, no dia seguinte, também acordo gripada. Passo a gripe para Ramón, que me xinga de idiota por ter feito isso. Por acaso acha que posso tirar o dia de folga?, pergunta ele.

Não digo nada, só iria irritá-lo.

Ramón nunca fica bravo por muito tempo. Tem muito mais com que se preocupar.

Na sexta, ele me visita para dar notícias da casa. O velho quer vender para nós, conta. Aí me mostra uma papelada, que não entendo. Está ao mesmo tempo animado e temeroso. Eu tenho familiaridade com isso, já estive nessa situação.

O que você acha que devo fazer? Os olhos dele não se voltam para mim, observam a paisagem pela janela.

Acho que deve comprar uma casa. Você merece.

Ele assente. Preciso convencer el viejo a baixar mais o preço. Ele pega o maço de cigarro. Sabe há quanto tempo espero por isso? Ser dono de uma casa neste país é começar a viver.

Tento trazer Virta à tona, mas ele nem me dá chance, como sempre.

Eu já disse que acabou, exclama, irritado. O que mais quer? Uma porra de um cadáver? Vocês mujeres nunca sabem o momento de parar.

Nessa noite, eu e Ana Iris vamos ver um filme. Não entendemos inglês, mas gostamos dos tapetes limpos do novo cinema. Listras em tons de azul e rosa ziguezagueiam pelas paredes como raios. A gente compra pipoca para dividir e leva escondido latas de suco de tamarindo da bodega. As pessoas ao nosso redor conversam; a gente faz o mesmo.

Você tem sorte de estar saindo, comenta Ana Iris. Aqueles cueros estão me enlouquecendo.

Sei que está meio cedo demais, mas digo: Vou sentir saudades suas, e ela ri.

Está quase mudando de vida. Não vai nem ter tempo de sentir saudades de mim.

Vou sentir sim. Na certa passarei lá para te visitar todos os dias.

Não vai ter tempo.

Vou, se conseguir dar um jeitinho. Está tentando se livrar de mim?

Claro que não, Yasmin. Não seja boba.

De qualquer forma, ainda vai demorar um pouco. Fico me lembrando de cada palavra do Ramón. Qualquer coisa pode acontecer.

Ficamos caladas durante o resto do filme. Não perguntei o que achava da minha mudança, e ela não me deu a sua opinião. Nós respeitamos o silêncio uma da outra sobre certas coisas, eu, por exemplo, nunca pergunto se Ana Iris pretende trazer os filhos um dia. Não dá pra saber o que ela vai fazer. Já se relacionou com uns sujeitos, que também dormiram no nosso quarto, mas nunca ficou com um por muito tempo.

Voltamos do cinema caminhando perto uma da outra, tomando cuidado com o gelo brilhante que deixa marcas na neve. Não é um bairro seguro. Garotos que só sabem espanhol o bastante para xingar estão reunidos na esquina da rua e nos olham de cara feia. Atravessam a rua sem olhar e, quando passamos por eles, um gordo diz, Chupo buceta melhor que qualquer pessoa do planeta, diz. Cochino, sussurra Ana Iris, apoiando a mão em mim. A gente passa pelo velho apartamento em que morei antes, o tal em cima do bar, e fico olhando fixamente para ele, tentando me lembrar de que janela eu me punha a fitar a paisagem. Vamos, diz Ana Iris. Está um gelo.

RAMÓN DEVE TER contado algo para Virta, porque as cartas param de chegar. Pelo visto, é verdade o que dizem: se você esperar o bastante, tudo muda.

Quanto à casa, leva mais tempo do que eu imaginava. Ele quase desiste umas seis vezes, bate o telefone, joga o copo de bebida na parede, e eu começo a achar que o negócio não vai dar certo, que não vai vingar. Mas, então, como um milagre, é fechado.

Olhe, diz ele, mostrando a papelada. Olhe. O velho está quase implorando.

Fico feliz de verdade por Ramón. Você conseguiu, mi amor.

Nós conseguimos, ressalta, com tranquilidade. Agora podemos começar.

Então, ele apoia a cabeça na mesa e chora.

Em dezembro, nós nos mudamos para a casa. Metade dela está em ruínas, só dois ambientes estão habitáveis. Ela me faz lembrar do primeiro lugar em quem morei quando cheguei aqui neste país. Ficamos sem aquecedor no inverno inteiro e, por um mês, temos que tomar banho de balde. Casa de Campo, apelido a casa de brincadeira, mas ele não gosta que se faça nenhuma crítica ao seu "niño". Nem todo mundo pode ter uma casa, faz questão de me lembrar. Economizei oito anos para conseguir esta. Ele trabalha na casa sem parar, invadindo as propriedades abandonadas do bairro em busca de material. Cada tábua de assoalho que Ramón recupera é, para ele, dinheiro economizado. Apesar de todas as árvores, não é um bairro tranquilo, e sempre temos que manter tudo trancado, o tempo todo.

Durante algumas semanas as pessoas batem na porta, perguntando se a casa ainda está à venda. Alguns casais se mostram tão esperançosos quanto nós devemos ter nos mostrado. Ramón bate a porta na cara deles, como se receasse que o arrastassem de volta para o ponto em que estão. Mas, quando atendo, eu os decepciono com delicadeza. Não está não, digo. Boa sorte na sua procura.

Isto é o que eu sei: a esperança das pessoas nunca morre.

Lá no hospital, começam a construir outra ala; três dias depois que os guindastes circundam o prédio como em uma reza, Samantha me puxa para um canto. O inverno fez com que murchasse por completo, deixando-a com mãos reptilianas e lábios tão rachados que se tem a impressão de que vão estourar a qualquer momento. Preciso de um empréstimo, sussurra. A minha mãe está doente.

É sempre a mãe. Eu me viro para ir embora.

Por favor, implora ela. A gente é do mesmo país.

É verdade. Somos sim.

Alguém deve ter te ajudado alguma vez.

É verdade também.

No dia seguinte, dei para ela oitocentos dólares. Metade das minhas economias. Não se esqueça disso.

Não vou, ressalta Samantha.

Ela está feliz da vida. Mais feliz que eu quando me mudei para a casa. Bem que eu queria ter a mesma liberdade de Samantha. Ela canta durante o resto do expediente, canções da época em que eu era mais nova, Adamo e coisa e tal. Mas continua sendo Samantha. Antes da gente bater o ponto para sair, ela me diz, Não passa tanto batom assim. Os seus lábios já são cheios demais.

Ana Iris dá uma risada. Aquela pirralha disse isso para você?

A-hã, disse.

Que desgraciada, reclama ela, não sem admiração.

No final da semana, Samantha não volta ao trabalho. Pergunto para as outras, mas ninguém sabe onde ela mora. Não me lembro dela fazendo nenhum comentário significativo na última vez que veio. Saiu andando tão tranquilamente quanto fazia, perambulando devagar rumo ao centro da cidade, onde pegaria o ônibus. Rezo por ela. Eu me recordo do meu próprio primeiro ano, do quanto ansiava voltar para casa, de como morria de chorar. Rezo para que fique, como eu.

Uma semana. Espero uma semana e, então, deixo a garota para lá. A nova jovem que a substitui é calada e gorda, e trabalha sem parar nem reclamar. Às vezes, quando estou naquele estado de ânimo, visualizo Samantha de volta em casa, com seu povo. De volta em casa, onde está quente. Dizendo, Eu não voltaria de jeito nenhum. Nem por nada. Nem por ninguém.

Certas noites, enquanto Ramón está ajeitando a tubulação ou lixando o chão, leio as cartas velhas, sorvo o rum que guardamos debaixo da pia da cozinha e penso, claro, nela, na mulher da outra vida.

ESTOU GRÁVIDA QUANDO a carta seguinte finalmente chega. Redirecionada da antiga casa do Ramón até a nossa. Eu a pego no meio da pilha de cartas e fico olhando para ela. Meu coração bate como se sentisse sozinho, como se não houvesse nada mais dentro de mim. Quero abri-la, mas, em vez disso, ligo para Ana Iris; faz tempo que a gente não se fala. Fico olhando para a cerca viva cheia de pássaros enquanto ouço o telefone tocar.

Quero ir dar uma caminhada, digo para Ana Iris.

Os botões estão surgindo nas pontas dos ramos. Quando chego à minha antiga moradia, ela me dá um beijo e me faz sentar à mesa da cozinha. Só conheço duas das suas companheiras de casa, as restantes foram para outros lugares ou voltaram para seus países. Tem garotas novas da Ilha. Entram e saem, mal olhando para mim, exaustas por causa das promessas que fizeram. Quero avisar para elas: nenhuma promessa consegue sobreviver àquele mar. A minha barriga já está visível, e Ana Iris, magra e esgotada. Ela não corta o cabelo há meses; as pontas duplas irrompem em meio às mechas grossas como uma segunda cabeleira. Mas ainda sorri, tão radiante que é incrível não incendiar algo. Uma mulher canta uma bachata em algum lugar no andar de cima, e o ressoar de sua voz me faz recordar do tamanho desta casa, de como o pé-direito é alto.

Tome, diz Ana Iris, passando um lenço de pescoço para mim. Vamos dar uma volta.

Levo a carta comigo. O dia está da cor de pombo. Nossos pés esmagam as porções de neve espalhadas aqui e acolá, junto a crostas de poeira e cascalho. A gente espera a mixórdia de carros desacelerar no sinal, daí atravessamos rápido em direção ao parque. Nos primeiros meses da relação, eu e Ramón vínhamos aqui diariamente. Só para espairecer depois do trabalho, dizia ele, mas eu ficava pintando as unhas de vermelho. Eu me recordo do dia anterior ao que a gente fez amor pela primeira vez, de como eu já sabia que ia acontecer. Ele tinha acabado de me contar da esposa e do filho. Eu estava ponderando a respeito do que revelara, sem dizer nada, deixando os meus pés nos guiarem. Deparamos com uns meninos jogando beisebol, e Ramón os convenceu a lhe entregar o taco, que ele agitou no ar, mandando que se afastassem bastante. Como achei que meu companheiro ia passar vergonha, recuei, pronta para dar um tapinha no braço dele assim que ele caísse ou quando a bola fosse parar aos seus pés, mas o sujeito acertou em cheio a bola, com um estampido, e, girando a parte superior do corpo com agilidade, mandou-a muito além da garotada. As crianças ergueram os braços e gritaram; ele sorriu para mim, por sobre as cabecinhas delas.

Eu e Ana Íris percorremos o parque inteiro sem dizer nada, em seguida voltamos e atravessamos a estrada, em direção ao centro.

Ela escreveu de novo, informo, mas Ana Iris me interrompe.

Ando ligando para meus filhos, diz. Em seguida, aponta para o cara do outro lado do tribunal, que lhe vende os números de cartões de telefone roubados. Eles estão tão mais velhos, prossegue, que tenho até dificuldade de reconhecer suas vozes.

Após um tempo precisamos nos sentar, para que eu segure a mão dela e ela chore. Eu devia dizer algo, mas não faço ideia de onde poderia começar. Ou bem Ana Iris vai trazê-los ou vai embora. Foi isso que mudou.

Esfria demais. Voltamos para casa. Aí nos abraçamos à porta, pelo que parece uma hora.

Nessa noite, entrego a carta para Ramón e tento sorrir enquanto ele a lê.

Flaca

O SEU OLHO ESQUERDO COSTUMAVA deslocar quando você estava cansada ou transtornada. Está procurando algo, explicava você, e, naqueles dias em que a gente se encontrou, ele tremulou e agitou-se, a ponto de você ter que colocar o dedo em cima, para que parasse. Você estava fazendo isso quando acordei e a encontrei na beirada da minha cadeira. Continuava com a roupa de professora, mas tinha tirado o casaco, e na blusa havia tantos botões abertos que pude entrever o sutiã preto que lhe dei e as sardas no seu peito. A gente não sabia que eram os últimos dias, mas devia ter imaginado.

Acabei de chegar, contou, e eu fui dar uma olhada no lugar em que você tinha estacionado o Honda Civic.

Vá fechar os vidros.

Não vou ficar muito tempo.

Alguém vai roubá-lo.

Estou quase pronta para ir.

Você ficou na cadeira, e eu sabia que não devia me aproximar. Tinha desenvolvido um método intricado, que achava que ia manter a gente longe da cama: você se sentava do outro lado do quarto, não me deixava estalar seus dedos, não ficava mais que 15 minutos. Nunca chegou a dar certo, chegou?

Trouxe a janta para vocês, foi o que você me informou. Eu estava preparando lasanha para a minha aula, daí trouxe o que sobrou.

Meu quarto é pequeno e quente, entulhado de livros. Você nunca queria passar o tempo aqui (é como ficar dentro duma meia, dizia) e, sempre que os rapazes estavam fora, a gente dormia na sala, em cima do tapete.

Seus cabelos longos a fizeram suar, aí você finalmente resolveu tirar a mão do olho. Não tinha parado de falar.

Hoje chegou uma aluna nova. A mãe dela me disse para tomar cuidado com ela, pois tem o dom da visão.

Da visão?

Você assente. Perguntei para a señora se a visão ajudava a filha nas aulas. Ela disse, Na verdade, não, mas me ajudou com os números, algumas vezes.

Eu deveria rir, mas olho fixamente para fora, para a folha em formato de luva grudada no para-brisa do seu carro. Você fica de pé ao meu lado. Quando eu a vi, primeiro na aula sobre Joyce e depois na academia de ginástica, já sabia que ia chamá-la de Flaca. Se você fosse dominicana, a minha família se preocuparia com a sua saúde, traria pratos de comida até aqui. Montes de plátanos y yuca, servidos com fígado ou queso frito. *Flaca*. Embora seu nome fosse Veronica, Veronica Hardrada.

Os rapazes vão chegar daqui a pouco, comento. Talvez fosse melhor você ir fechar os vidros.

Eu vou agora, diz você, colocando a mão de volta no olho.

NÃO ERA PARA a nossa relação ficar séria. Não consigo imaginar a gente se casando nem coisa parecida, comentei, e você, então, balançou a cabeça e disse que entendia. Aí a gente transou para que pudesse fingir que não tinha acabado de rolar uma parada ruim. Era tipo o nosso quinto encontro, você pôs um tubinho preto e uma sandália de couro, daí falou que eu podia ligar quando quisesse, mas que você não ia me ligar. Vai ter que decidir onde e quando, disse para mim. Se me deixar escolher, vou querer te ver todo dia.

Ao menos foi sincera, o que é mais do que posso dizer no meu caso. Durante a semana eu nunca telefonava, nem sentia a sua falta. Os manos e o meu trabalho na Transactions Press me mantinham ocupado. Mas, nas sextas e nos sábados à noite, eu ligava. A gente conversava até as pausas ficarem longas, até você finalmente perguntar, Topa sair comigo?

Eu topava e, enquanto a esperava, dizia para a galera, é só sexo, tão ligados?, nada mais que isso. E você vinha, com uma muda de roupa e uma panela para preparar o café da manhã para a gente, talvez até com alguns biscoitos que tinha assado para a sua turma. Os rapazes a encontravam na cozinha na manhã seguinte, com uma das minhas camisas, e no início não reclamavam, porque supunham que você se mandaria. E, quando por fim começaram a se queixar, já era tarde, não era?

EU LEMBRO: OS manos de olho em mim. Concluíram que dois anos não podiam ser considerados uma parada insignificante, embora o tempo todo eu nunca tivesse reivindicado você. Mas o incrível era que eu estava numa boa. Tinha a sensação de que o verão tomara conta de mim. Disse para os meus parceiros que aquela era a melhor decisão que eu tomara. Não dá pra ficar transando com branquelas a vida inteira.

Em algumas tribos, isso era comum; na nossa, não.

Naquela aula sobre Joyce você nunca falou, mas eu sim, o tempo todo, e uma vez a gente se entreolhou e você ficou tão rubra que até o professor notou. Você era uma branca classe baixa, de fora de Paterson, o que se notava pelo seu jeito nada fashion, e namorava negros pra caramba. Comentei que você tinha uma queda por nós e você disse, furiosa, Não tenho não.

Mas meio que tinha. Era a branquela que dançava bachata, que participava da irmandade SLU, que já fora a Santo Domingo três vezes.

Eu lembro: você costumava me oferecer carona para casa no seu Civic.

Eu lembro: na terceira vez, aceitei. Nossas mãos se tocaram entre os bancos. Você tentou falar comigo em espanhol, e eu mandei que parasse.

A gente mantém boas relações hoje. Sugiro, Talvez a gente devesse ir passar um tempo com os manos, e você balança a cabeça. Quero passar um tempo com você, é o que me diz. Se a gente ainda estiver na boa, na semana que vem, talvez.

É o máximo que a gente pode esperar. Nenhuma promessa, nada dito de que pudéssemos nos recordar por anos. Você me observa enquanto escova os cabelos. Cada fio que aparta é tão longo quanto o meu braço. Por um lado, você não está a fim de deixar para lá, por outro, não quer se magoar. Não é lá o melhor lugar para se estar, mas o que é que eu posso dizer?

A gente vai de carro até Montclair, quase sozinhos na Parkway. Está silencioso e escuro, e as árvores reluzem por causa da chuva de ontem. A certa altura, no sul de Oranges, a alameda passa por um cemitério. Milhares de lápides e cenotáfios em ambos os lados. Imagine, diz você, apontando para a casa mais próxima, ter que morar ali.

Os sonhos que teria, comento.

Você assente. Os pesadelos.

A gente estaciona do outro lado do sebo de mapas e vamos até a nossa livraria. Apesar da proximidade da universidade, somos os únicos clientes, nós e um gato de três pernas. Você se senta num corredor e fica vasculhando uma das caixas. O bichano ruma na sua direção. Folheio os livros de história. Você é a única pessoa que conheço que consegue ficar numa livraria tanto tempo quanto eu. Uma sabichona, do tipo que não se encontra todo dia. Quando vou até onde está, você já tirou o tênis e está cutucando os calos de corrida, lendo um livro infantil. Envolvo seus ombros. Flaca, digo. Seu cabelo esvoaça e prende na minha barba malfeita. Não me barbeio com frequência bastante para ninguém.

Isto pode dar certo, você me diz. Basta a gente permitir.

NAQUELE ÚLTIMO VERÃO, como você estava a fim de sair, eu a levei até o parque nacional Spruce Run; nós dois tínhamos ido lá quando crianças. Você se lembrava dos anos, até dos meses das suas visitas, já eu só chegava ao Quando Eu Era Pequeno.

Olha só a canabrás, mostrou você, inclinada na janela, rumo à noite, eu com a mão nas suas costas, por precaução.

Nós dois estávamos bêbados, e você, que só estava de cinta-liga e meia de seda sob a saia, pôs a minha mão entre as suas pernas.

O que a sua família fazia aqui?, você quis saber.

Olhei para as águas noturnas. A gente fazia churrascos. Churrascos dominicanos. Meu pai não sabia cozinhar direito, mas insistia. Preparava um molho vermelho, que passava nas chuletas, daí convidava estranhos completos para vir comer. Era horrível.

Eu usava um tapa-olho quando era pequena, contou você. Quem sabe a gente não se encontrou aqui e se apaixonou num churrasco ruim.

Duvido, eu disse.

Só um comentário, Yunior.

De repente, há cinco mil anos a gente estava junto.

Há cinco mil anos eu estava na Dinamarca.

É verdade. E metade de mim na África.

Fazendo o quê?

Cultivando, acho. É o que todo mundo faz, em toda parte.

Talvez a gente tenha ficado junto num outro momento.

Não posso imaginar quando, comentei.

Você evitou me olhar. Talvez há cinco milhões de anos.

As pessoas nem eram pessoas nessa época.

Naquela noite você ficou deitada na cama, acordada, escutando as ambulâncias romperem o silêncio na nossa rua. O calor do seu rosto poderia ter mantido o meu quarto aquecido durante dias. Não sabia como você aguentava o próprio calor, o dos seus seios, o da sua face. Eu quase não podia tocá-la. Do nada, você disse, Eu te amo. Só para que saiba.

FOI NAQUELE VERÃO que, sem conseguir dormir, eu saía para correr pelas ruas de New Brunswick às quatro da matina. Apenas nessa época consegui chegar a oito quilômetros, quando não tinha trânsito e as lâmpadas halógenas deixavam tudo cor de alumínio, realçando cada gota de umidade nos carros. Eu me lembro de contornar correndo o Memorial Homes, de percorrer a Joyce Kilmer e de passar pela Throop, onde fica o Camelot, aquele velho bar insano, com fachada entabuada e desbotada.

Eu ficava acordado noites inteiras e, na hora em que o Velho da UPS aparecia, eu estava anotando os horários de chegada dos trens na estação Princeton Junction — da sala dava para ouvi-los frear, um rangido ao sul do meu coração. Concluí que aquela insônia tinha algum significado. Talvez fosse *perda* ou *amor* ou alguma outra palavra que dizemos quando está tarde demais, mas os manos não estavam a fim de melodrama. Quando escutaram essa porra, disseram não. Especialmente o Velho. Separado aos 20, com dois filhos lá em Washington D.C., os quais ele nem vê mais. Ele me ouviu e comentou, Escuta aqui. Existem 44 maneiras de superar isso. Ele me mostrou as mãos calejadas.

VOCÊ E EU chegamos a ir a Spruce Run mais uma vez. Lembra? Quando as brigas não pareciam ter fim e sempre acabavam conosco na cama, agarrando-nos como se isso fosse mudar alguma coisa. Dali a alguns meses você já estaria saindo com outra pessoa, e eu também; ela não era mais escura que você, mas lavava as calcinhas no chuveiro e seus cabelos pareciam um mar de puñitos; na primeira vez que você nos viu, deu a volta e subiu num ônibus que eu sabia que não precisava pegar. Quando a minha gata perguntou, Quem era ela?, respondi, Uma conhecida.

Naquela segunda viagem eu fiquei parado na praia, observando-a caminhar na água, observando-a passar a água do lago no pescoço e nos braços esqueléticos. Nós dois estávamos de ressaca, e eu não queria me molhar. A água cura, explicou você. Fora o que o padre dissera na missa. Você guardou um pouco numa garrafa. Para a sua prima com leucemia e a sua tia com problemas de coração. Você estava só de camiseta e com a parte de baixo do biquíni, e uma névoa espalhava-se nas colinas e entrelaçava as árvores. Entrou até a altura da cintura e parou. Ficou olhando fixamente para mim e vice-versa, e, naquele momento, meio que rolou amor, não rolou?

Naquela noite você veio se deitar na minha cama, magra demais para ser verdade, e, quando tentei beijar seu mamilo, você pôs a mão no meu peito. Espere, pediu.

Lá embaixo, os manos viam TV, gritando.

Você deixou a água escorrer da sua boca, e ela estava gelada. Você chegou ao meu joelho antes de ter de tomar mais da garrafa. Fiquei escutando a sua respiração, tão leve, fiquei escutando o sacolejar da água no recipiente. Aí você me molhou o rosto, a virilha e as costas

Sussurrou meu nome completo, e nós dormimos abraçados, daí me lembro de que, na manhã seguinte, você se mandou, de vez, e nada na minha cama e na casa demonstrava o contrário.

O princípio Pura

AQUELES ÚLTIMOS MESES. Nenhuma possibilidade de envolver as circunstâncias num embrulho bonito nem de fingir que não ocorriam: Rafa estava morrendo. Àquela altura, só eu e Mami tomávamos conta dele, sem saber que porra fazer, que porra dizer. Então, simplesmente ficávamos calados. Minha mãe nunca foi do tipo extrovertido, de qualquer forma; tinha uma daquelas personalidades do tipo horizonte de eventos — a desgraça a assolava, e nunca se sabia ao certo o que ela sentia a respeito. Parecia apenas aguentar as pontas, sem jamais emanar nada, nem luz nem calor. Já eu não ia querer tocar no assunto nem mesmo se ela quisesse. Nas poucas vezes em que meus parceiros do colégio tentaram conversar, fui logo dizendo que não metessem o bedelho onde não eram chamados. Que me deixassem em paz.

Eu tinha 17 anos e meio, e fumava tanto baseado que, se eu conseguisse me lembrar de uma hora de qualquer daqueles dias, seria muito.

Minha mãe viajava à sua própria maneira. Trabalhava exaustivamente — entre cuidar do meu irmão, da fábrica e da casa, não creio que dormisse. (Eu não movia a merda de uma palha no nosso apê; privilégio masculino, cara.) Mas a velha *ainda* conseguia descolar umas horinhas aqui e ali para ficar com o novo companheiro, Jeová. Eu contava com a minha yerba, ela, com a dela. Mami nunca tinha frequentado muito a igreja antes, mas, assim que a gente aterrissou no planeta câncer, ela se tornou tão exageradamente Jesucristo, que acho que teria se pregado numa cruz se tivesse uma por perto. Naquele último ano ficou especialmente Ave Maria. O grupo de oração ia para o apê duas, três vezes por dia. As Quatro Caras de Cavalo do Apocalipse, era como eu as chamava. A mais nova e com mais cara de cavalo era Gladys — recebera o diagnóstico de câncer de mama no ano anterior e, no meio do tratamento, o marido canalha se mandara para a Colômbia e se casara com uma das primas dela. Aleluia! Outra mulher, de cujo nome eu nunca me recordo, tinha apenas 45 anos, mas aparentava ter 90, um estrupício do gueto: obesa, problemas nas costas, problemas nos rins, problemas nos joelhos, diabete e talvez ciática. Aleluia! A aloprada-mor, porém, era Doña Rosie, nossa vizinha do andar de cima, uma senhora boricua muito gente boa, a pessoa mais feliz que já se viu, embora fosse cega. Aleluia! Era preciso tomar cuidado com ela, pois a senhora tinha o costume de ir se sentando sem nem checar se havia algo que ao menos se assemelhasse a uma cadeira debaixo dela; em duas ocasiões ela errara o alvo do sofá e espatifara o traseiro — na última vez gritando, Dios mio, qué me has hecho? —, e precisei me mandar rápido do porão para ajudá-la a se levantar. Essas viejas eram as únicas amigas da minha mãe — até os nossos parentes foram sumindo cada vez mais do pedaço depois do segundo ano — e só quando vinham até o nosso apê tinha-se a impressão de que Mami voltara a ser como antes. Ela adorava contar suas piadas lesadas del campo. Só servia o café para as amigas quando tinha certeza de que cada tacita continha a mesma quantidade. E quando uma das Quatro começava a se comportar de forma ridícula, minha mãe deixava isso claro com um simples e prolongado *Bueeeennnnoooo*. No resto do tempo, Mami se mostrava inescrutável, em moto-perpétuo: limpando, organizando, preparando comida, indo até a loja para devolver um troço, pegar outro. Nas poucas vezes em que a vi parar, ela tapava os olhos com uma das mãos, um sinal para mim de quanto estava exausta.

Mas, de todos nós, Rafa ganhava o prêmio. Nesta segunda rodada, quando voltara para casa do hospital, parecia que nada tinha acontecido. O que era meio que uma piração, considerando que metade do tempo ele nem sabia onde diabos estava, por causa do efeito da radiação no cérebro, e, na outra metade, não tinha energia nem para peidar. O cara tinha perdido 36 quilos depois da quimio, e mais lembrava um carniçal do break-dance (meu irmão foi o último filho da mãe em Jerz a deixar de lado a roupa de ginástica e o cordão de ouro), tinha nas costas um emaranhado de cicatrizes de punção lombar, mas sua atitude continuava mais ou menos igual à de antes da doença: ciento por ciento loco. Rafa se orgulhava de ser o lunático do bairro e não ia deixar um troço insignificante como o câncer atrapalhar seus compromissos oficiais. Nem bem uma semana depois de sair do hospital, ele arrebentou a cara de um peruano ilegal e, duas horas depois, se meteu numa treta no Pathmark porque achou que um zé-mané falava mal dele: aí foi dar porrada na boca do vagaba — um soco fraco de direita —, antes que eu e uma galera o afastássemos. Qual é, porra?, gritou ele, como se estivéssemos agindo da maneira mais irracional possível. Os hematomas que ganhou por lutar contra a gente pareciam serras circulares roxas, furacões incipientes.

Rafa continuava figureando *pra cacete*. Como sempre tinha sido um papi chulo, claro que voltou a se lançar nas garras das ex-sucias e a levá-las às escondidas para o porão, estando a Mami em casa ou não. Uma vez, bem no meio de uma das rodas de oração da nossa mãe, entrou na maior com uma mina de Parkwood — a mais gostosa do planeta —, o que me levou a pedir mais tarde, Rafa, un chín de respeto. Ele deu de ombros. Não posso deixar que achem que estou vacilando. Rafa passava o tempo em Honda Hill e voltava para casa tão fora do ar que mais parecia falar aramaico. Quem não estivesse mais informado achava que ele estava melhorando. Vou voltar a engordar, vocês vão ver só, dizia para a galera. Fazia a mamãe bater no liquidificador aqueles troços asquerosos de proteína.

Mami tentava mantê-lo em casa. Lembra o que médico falou, hijo. Mas Rafa só dizia, Ta to, mãe, ta to, e se mandava do apê rapidinho. Ela nunca conseguiu controlá-lo. Quando a parada era comigo, gritava, praguejava e batia, mas, quando era com ele, parecia estar fazendo teste para um papel numa novela mexicana. Ay mi hijito, ay mi tesoro. Eu andava a fim de uma branquinha de Cheesequake, mas também tentava diminuir o fogo dele — Pô, você não devia estar convalescendo ou um troço assim? —, mas meu irmão só me fitava, com aqueles olhos sem vida.

Seja como for, depois de umas semanas em marcha acelerada, o moleque chocou contra um muro. Teve uma tosse dinamite depois de farrear a noite inteira e acabou tendo que passar dois dias internado no hospital — o que, comparado com a última temporada (oito meses), não fazia muita diferença — e, quando saiu, a mudança foi gritante. Parou de varar as madrugadas e de encher a cara até passar mal. Também parou de dar uma de Iceberg Slim. Nada de comer o rabo das minas lá embaixo, nada delas ficarem chorando por ele no sofá. A única que segurou as pontas foi uma ex, Tammy Franco, que o Rafa tinha até maltratado fisicamente durante toda a relação. E muito. Uns dois anos de humilhação pública. O cara ficava tão furioso com ela, às vezes, que a arrastava pelos cabelos no estacionamento. Numa ocasião, a calça dela abriu e foi parar no tornozelo, e a gente viu o toto dela e tudo o mais. Essa era a imagem que eu ainda tinha da mina. Depois do meu irmão, ela fisgou um branco e se casou mais rápido que se diga Sim. Uma mina escultural. Lembra o improviso do José Chinga, "Fly Tetas" — peitos gostosos? Essa era a Tammy. Casada, gatérrima e ainda atrás do meu irmão. O mais estranho é que nos dias em que ela passava por lá não entrava no apê, de jeito nenhum. Estacionava o Camry na frente, daí o Rafa descia e se acomodava no meio do banco de trás. Eu tinha acabado de entrar nas férias de verão e, enquanto esperava que a branca atendesse os meus telefonemas, ficava espiando os dois da janela da cozinha, aguardando que ele segurasse a cabeça dela e a direcionasse até o colo, mas nenhuma parada dessa chegou a acontecer. Nem parecia que os dois conversavam. Depois de quinze, vinte minutos ele saía, ela ia embora e pronto.

Que merda é essa que estão fazendo? Trocando ondas cerebrais?

Rafa estava cutucando os molares — a radiação já o deixara sem dois.

Ela não é, tipo, casada com um tal de Polack? Não tem dois filhos?

Ele me olhou. Do que é que você sabe, cacete?

De nada.

De nada mesmo. Entonces cállate la porra da boca.

Então, Rafa estava no ponto em que deveria ter estado desde o início: ficando à toa, de bobeira no apê, fumando toda a minha maconha (eu tinha que fumar escondido, já ele podia enrolar os baseados bem na sala), vendo TV, dormindo. Mami aparentava estar feliz da vida. Até sorria de vez em quando. Comentou com o grupo que Dios Santísimo a escutara.

Alabanza, exclamou Doña Rosie, os olhos revirando como bolinhas de gude.

Às vezes eu ficava sentado com o Rafa quando os Mets estavam jogando, e ele não dizia uma palavra sequer sobre o que sentia, nem sobre o que achava que ia acontecer. Só quando meu irmão se deitava, tonto e enjoado, eu o ouvia resmungar: O que diabos está acontecendo? O que é que eu faço? O que é que eu faço?

Eu deveria ter sacado que era a calmaria antes da tempestade. Nem bem duas semanas depois que Rafa se recuperou da tosse, sumiu de vista por quase um dia inteiro, aí entrou no apê anunciando que tinha conseguido um emprego de meio expediente.

Um emprego de meio expediente?, perguntei. Pirou de vez?

A gente tem que se manter ocupado. Rafa deu um largo sorriso, mostrando todas as áreas desdentadas. Preciso ser útil em alguma coisa.

De todos os lugares, foi logo ao Yarn Barn. No início, minha mãe fingiu lavar as mãos. Você quer se matar, se mate. Só que, depois, eu a ouvi tentando convencê-lo a mudar de ideia na cozinha, um apelo baixo e monótono, até o Rafa pedir: Mami, que tal a senhora me deixar em paz, hein?

Isso é o que chamo de mistério total. Não foi como se o meu irmão tivesse uma incrível ética profissional que precisasse pôr em prática. O único trabalho que tivera fora vender drogas para os brancos de Old Bridge, e o fizera na boa. Se ele quisesse se manter ocupado, podia muito bem voltar a fazer esse serviço — algo que teria sido moleza, falei para ele. A gente ainda conhecia um montão de caras brancos em Cliffwood Beach e Laurence Harbor, uma clientela desprezível, mas ele nem quis saber. Que tipo de legado é esse?

Legado? Não acreditei no que estava ouvindo. Cara, você está trabalhando no Yarn Barn!

Melhor que ser traficante. Qualquer um pode fazer isso.

E vender fios de lã? Isso é só para os grandes?

Ele pôs as mãos no colo. Ficou olhando para elas. Vai cuidar da sua vida, Yunior, que eu cuido da minha.

Meu irmão nunca fora um cara lá muito racional, mas aquela tinha sido a maior balela. Eu a atribuí ao tédio, aos oito meses passados no hospital. Ao remédio que estava tomando. Talvez Rafa só quisesse se sentir normal. Sinceramente, parecia empolgadíssimo com essa parada. Arrumava-se para ir ao trabalho, penteava com cuidado a cabeleira outrora deslumbrante, mas que se tornara esparsa e púbica depois da quimio. E começava a se ajeitar bem cedo. Não posso me atrasar. Sempre que ele saía, mamãe batia a porta e, se a Galera Aleluia estivesse no pedaço, todas estariam concentradas nos rosários. Embora eu andasse chapado a maior parte do tempo e estivesse tentando pegar aquela gata em Cheesequake, conseguia dar um jeito de ir ver meu irmão algumas vezes, só para ter certeza de que ele não estava caído na seção de pelo de cabra angorá. Uma visão surreal. O mano mais durão do bairro tentando encontrar preços como se fosse bagulho. Eu só ficava o bastante para confirmar que ele ainda estava vivo. Rafa fingia não me ver, eu fingia não ter sido visto.

Quando meu irmão trouxe para casa seu primeiro cheque de pagamento, jogou o dinheiro na mesa e riu: Estou ganhando a maior grana, cara.

Ah, sim, está arrasando, comentei.

Ainda assim, mais tarde, naquela noite, pedi 20 dólares emprestados. Ele olhou para mim e me deu a bufunfa. Entrei no carro e fui até onde a Laura deveria estar com umas amigas delas, mas, quando cheguei, a mina tinha vazado.

AQUELA HISTÓRIA ABSURDA de trabalho não durou. Sabe, como poderia? Depois de três semanas deixando as brancas gorduchas nervosas com sua pessoa esquelética,

Rafa começou a esquecer paradas, a se desorientar, a dar o troco errado para os clientes, a xingar as pessoas. E, por fim, simplesmente se sentou no meio do corredor e não conseguiu se levantar. Como estava se sentindo mal demais para voltar para casa dirigindo, uma funcionária de lá ligou para a gente e me arrancou da cama. Eu o encontrei sentado no escritório, cabisbaixo, e, quando o ajudei a se levantar, a hispânica que estava tomando conta dele começou a chorar como se eu o estivesse levando para a câmara de gás. Rafa ardia em febre. Deu para sentir a quentura até pelo brim do avental.

Meu Deus, Rafa, eu disse.

Ele nem ergueu os olhos. Murmurou, Nos fuimos.

Aí se deitou no banco de trás do Monarch, enquanto eu dirigia rumo ao nosso apê. Tenho a sensação de que estou morrendo, comentou.

Você não está morrendo. Mas se partir me deixa o carango, está bom?

Não vou deixar esta máquina para ninguém. Vou ser enterrado nela.

Nesta joça?

A-hã. Com a minha TV e as minhas luvas de boxe.

Qualé, está dando uma de faraó agora?

Ele ergueu o polegar. Enterre o seu traseiro de escravo no porta-malas.

A febre durou dois dias, mas só uma semana depois Rafa melhorou um pouco, começou a passar mais tempo no sofá que na cama. Eu tinha certeza de que assim que tivesse energia de novo ele voltaria para o Yarn Barn, tentaria se alistar na Marinha ou um troço assim. Minha mãe também receava que fizesse isso. Dizia para ele, sempre que surgia uma oportunidade, que não poderia mais. Não vou deixar. Seus olhos brilhavam sob os óculos escuros de Madre de Plaza de Mayo. Não vou mesmo. Eu, sua mãe, não permitirei.

Me deixa em paz, Mami. Me deixa em paz.

Só que dava para notar que meu irmão ia aprontar alguma. O bom foi que ele não tentou voltar para o Yarn Barn.

O ruim foi que ele, basicamente, se casou.

LEMBRA-SE DA MINA hispânica, a que desatou a chorar por ele no Yarn Barn? Bom, acontece que, na verdade, era dominicana. Não como o meu irmão e eu, mas dominicana *dominicana*. O tipo de dominicana que acabou-de-sair-do-barco-e-não-tem-os-documentos. E gostosa pra caralho. Antes mesmo do Rafa melhorar, ela começou a dar as caras, toda ansiosa e solicita, aí se sentava no sofá com o meu irmão e ficava vendo Telemundo. (Eu não tenho TV, repetiu, no mínimo, umas vinte vezes.) Como também morava no London Terrace, no Prédio 22, com o filhinho, Adrian, enfurnada num quartinho que alugava de um sujeito mais velho, guzerate, não chegava a ser uma provação para a mina ficar com (como ela dizia) su gente. Embora tentasse se comportar bem, mantendo as pernas cruzadas, chamando a minha mãe de señora, Rafa grudou nela como um polvo. A partir da quinta visita começou a levá-la para o porão, com ou sem a presença da Galera Aleluia.

112

Ela se chamava Pura. Pura Adames.

Pura Mierda era como Mami a apelidara.

Tudo bem, só para constar, eu não achava Pura tão ruim assim; tinha muito mais categoria que a maioria das vagabas que o meu irmão levara para lá. Guapísima pra cacete: alta e indiecita, pés imensos, rosto incrivelmente expressivo, mas, ao contrário das gatas do pedaço, ela não parecia saber o que fazer com sua gostosura, estava genuinamente perdida em meio a toda pulcritude. Uma típica campesina, da forma como se comportava à maneira como falava, tão coloquial que eu não entendia metade do que dizia — usava palavras tipo *deguabinao* e *estribao* o tempo todo. Matraqueava sem parar, se você deixasse, e era sincera demais: em uma semana já contara para a gente a história da vida dela. Como o pai tinha morrido quando era pequena; como por uma quantia não revelada a mãe a fizera se casar, aos 13, com um cinquentão panaca (e fora assim que ela tivera o primeiro filho, Nestor); como, depois de alguns anos aguentando aquela desgraça, tivera a oportunidade de sair de Las Matas de Farfán e ir para Newark, levada por uma tía, que queria que Pura cuidasse de seu filho deficiente mental e de seu marido acamado; como fugira dessa mulher também, porque não tinha vindo até Nueba Yol para continuar a ser escrava dos outros, não mais; como passara os quatro anos seguintes sendo mais ou menos levada pelos ventos da necessidade, passando por Newark, Elizabeth, Paterson, Union City, Perth Amboy (onde um cubano aloprado a engravidara do segundo filho, Adrian), todo mundo tirando proveito da sua boa vontade; e como agora estava no London Terrace, tentando não afundar,

113

buscando a próxima oportunidade. Pura deu um sorriso radiante para o meu irmão quando disse isso.

Na RD eles não chegam a obrigar as moças a se casarem desse jeito, chegam, mãe?

Por favor, respondeu ela. Não acredite em nada do que aquela puta diz. Mas, uma semana depois, ela e as Caras de Cavalo se queixavam de como isso acontecia com frequência no campo, como a própria Mami teve que lutar para evitar que a mãe doida desse sua mão em troca de duas cabras.

Bom, Mami tinha uma regra simples no que dizia respeito às "amiguitas" do meu irmão: como nenhuma delas ia durar, ela nem se dava ao trabalho de saber os nomes, não lhes dava mais atenção do que a que dedicava aos nossos gatos lá na RD. Não chegava a tratá-las mal nem coisa parecida. Se a mina dissesse oi, ela também dizia, se a mina fosse educada, também agia com educação. Mas a vieja não gastava mais que um watt dela mesma. Mantinha a indiferença firme e implacável.

Pura, mano, foi outra história. Desde o início tinha ficado claro que a Mami não gostava da mulher. Não era só porque ela agia de um jeito tão descaradamente óbvio, dando indiretas o tempo todo sobre sua situação imigratória — como sua vida seria muito melhor, como a vida dos seus filhos seria muito melhor, como finalmente conseguiria visitar a pobre coitada da mãe e seu outro filho em Las Matas, se ao menos tivesse os documentos. Mami tinha lidado com vadias à cata de documentação legal antes, mas nunca ficara tão irritada. Algo relacionado ao rosto de Pura, ao momento que escolhera e à sua personalidade simplesmente tirava a nossa mãe do sério. Parecia um lance pessoal. Ou talvez a vieja pressentisse o que estava para acontecer.

Seja o que fosse, a minha mãe tratava Pura supermal. Quando não implicava com a forma como ela falava, como se vestia, como comia (de boca aberta) e como caminhava, com sua campesina-idade, com sua prieta-tude, fingia que a mina era invisível, passava por cima dela, empurrando-a para o lado, ignorando suas perguntas mais básicas. Se por acaso se referisse à mulher, era para dizer algo na linha de Rafa, o que la Puta quer comer? Até mesmo eu ficava tipo, Mãe, que coisa! Acontece que o mais insano era que Pura se mostrava totalmente alheia à hostilidade! Não importava como Mami agisse, nem o que dissesse, a mina continuava a tentar bater papo com ela. Em vez de tornar Pura mais insignificante, o despeito da nossa mãe só reforçava a presença da outra. Quando Pura e Rafa estavam sozinhos, a gata ficava calada, mas, assim que Mami estivesse no pedaço, a patrícia opinava sobre *tudo*, metia o bedelho em todas as conversas, dizia um monte de baboseira — tipo que a capital dos Estados Unidos era NYC ou que só havia três continentes — e então defendia com unhas e dentes o que dizia. Seria de pensar que, com a Mami perseguindo a mulher, ela seria mais cuidadosa e comedida, mas não. A mina era folgada pra caralho! Búscame algo para comer, pedia para mim. Nada de por favor nem coisa parecida. Se eu não pegasse o que queria, acabava se servindo de refrigerante ou flan. Embora a minha mãe tirasse a comida das mãos da Pura, assim que se virava, a mulher se servia de novo na geladeira. Chegou até a dizer para a Mami que deveria pintar o apê. Precisa de color aqui. Esta sala está muerta.

Eu não devia rir, mas era até meio engraçado.

E as Caras de Cavalo? Bem que podiam ter tentado apaziguar os ânimos um pouquinho, não é não?, mas agiam tipo, Que se dane, para que servem as amigas se não para meter lenha na fogueira? Martelavam na tecla anti-Pura diariamente. Ella es prieta. Ella es fea. Ella dejó un hijo en Santo Domingo. Ella tiene otro aquí. No tiene hombre. No tiene dinero. No tiene papeles. Qué tú crees que ella busca por aquí? Ameaçaram Mami com o cenário de Pura engravidando do esperma de cidadão do meu irmão e dela ter que sustentar *para sempre* não só a mina, como também seus filhos e sua gente em Santo Domingo, e minha mãe, a mesma mulher que agora orava para Deus seguindo um cronograma de Meca, disse para as Caras de Cavalo que, se isso acontecesse, ela mesma arrancaria o feto de Pura.

Ten mucho cuidado, disse Mami para meu irmão. Não quero un mono nesta casa.

Tarde demais, salientou Rafa, olhando para mim.

Bem que o meu irmão podia ter facilitado a nossa vida se não deixasse Pura passar tanto tempo lá no apê e só permitisse que viesse nos horários em que Mami estava na fábrica, mas quando, por acaso, ele agira com sensatez? Ficava lá sentado no sofá no meio de toda aquela tensão e, na verdade, parecia se divertir com a parada.

Será que gostava dela tanto quanto afirmava? Difícil dizer. Com certeza era mais caballero com Pura que fora com as outras. Abria portas. Conversava com educação. Até tratava bem o filho vesgo dela. Muitas das suas ex-namoradas teriam dado tudo para ver esse Rafa. Era por ele que tinham esperado.

Romeu ou não, eu continuava a achar que a relação não ia durar. Sabe, meu irmão nunca ficava muito tempo com uma mina, o cara já descartara minas melhores que Pura.

E, ao que tudo indicava, aconteceria o mesmo neste caso. Após um mês e pouco, Pura simplesmente sumiu. Minha mãe não chegou a comemorar nem nada, mas também não ficou triste. Algumas semanas depois, porém, o meu irmão também desapareceu. Pegou o Monarch e sumiu do mapa. Se mandou por um dia, dois. Àquela altura, Mami já estava tendo um piripaque. Mandou que todas as quatro Caras de Cavalo lançassem um alerta geral a todas as unidades na linha divina. Eu também estava começando a me preocupar, lembrando que, na primeira vez em que ele recebeu o diagnóstico, entrou no carro e tentou ir dirigindo até Miami, onde conhecia uns caras. Não tinha nem passado pela Filadélfia quando a máquina pifou. Fiquei preocupado o bastante para ir andando até a casa da Tammy Franco, mas, quando o marido polonês dela abriu a porta, perdi a coragem. Dei a volta e me mandei.

Na terceira noite, a gente estava no apê, só esperando, quando ouviu alguém estacionar o Monarch. Minha mãe foi correndo até a janela. Apertou tanto as cortinas que os nós dos dedos esbranquiçaram. Ele está aqui, disse, por fim.

Rafa entrou pisando duro, com Pura ao encalço. Era óbvio que estava chapado, e a mina vinha vestida como quem acabara de sair de uma casa noturna.

Bem-vindo de volta, sussurrou Mami.

Saca só, disse Rafa, mostrando a sua mão e a de Pura.

Eles estavam de aliança.

A gente se casou!

É oficial, disse Pura, frivolamente, tirando a certidão da bolsa.

Minha mãe passou de aborrecida-aliviada a completamente inescrutável.

Ela está grávida?, quis saber.

Ainda não, respondeu Pura.

Ela está grávida?, Minha mãe olhava direto para o meu irmão.

Não, informou Rafa.

Vamos tomar um trago, sugeriu ele.

Mami, então, disse: ninguém vai beber na minha casa.

Eu vou. Rafa começou a andar rumo à cozinha, mas a mamãe o impediu, esticando o braço.

Mami, disse ele.

Ninguém vai beber nesta casa. Mamãe o empurrou para trás. Se é assim — ela apontou para Pura — que você quer viver o resto da sua vida, então, Rafael Urbano, não tenho mais nada a lhe dizer. Por favor, quero que você e su puta se retirem da minha casa.

Os olhos do meu irmão perderam o brilho. Eu não vou pra lugar nenhum.

Quero os dois fora daqui.

Por um instante, achei que ele ia meter a mão nela. Foi mesmo o que me pareceu. Mas aí seu ego inflado murchou. Ele cingiu Pura (que, pelo menos dessa vez, pareceu sacar que o clima não estava bom). Até mais,

Mami, disse Rafa. Então, voltou para o Monarch e saiu dirigindo.

Tranque a porta, foi tudo o que ela me disse antes de ir para o quarto.

Eu NUNCA TERIA imaginado que duraria tanto quanto durou. A minha mãe não resistia ao meu irmão. De jeito nenhum. Não importava a merda que ele aprontasse — e o cara aprontava muita —, ficava cem por cento ao lado dele, como só uma mãe latina pode fazer com su primogênito querido. Se ele tivesse vindo para casa um dia e dito, Aê, Mami, aniquilei metade do planeta, tenho certeza de que ela o defenderia: Bom, hijo, tinha mesmo gente demais aqui. Havia a parada cultural e a parada do câncer, claro, mas também era preciso levar em conta que Mami abortara nas duas primeiras vezes que engravidara e, quando por fim engravidara do Rafa, escutava havia anos que jamais conseguiria ter filhos; meu próprio irmão quase morrera ao nascer e, pelos dois primeiros anos de sua vida, Mami tivera o mais absoluto pavor (é o que me contam mis tías) de que alguém o raptasse. Há que se considerar também que ele sempre fora o menino mais lindo — su total consentido — e, então, dá para se ter uma noção do que ela sentia pelo aloprado. A gente ouve as mães falarem o tempo todo que morreriam pelos filhos, só que a nossa nunca dizia esse tipo de lance. Nem precisava. No que dizia respeito ao meu irmão, estava estampado no rosto dela em Tupac Gothic, 112 pontos.

Então, imaginei que, tipo, depois de uns dias ela ia dar o braço a torcer, e tudo acabaria em beijos e abraços (talvez num pontapé na cabeça da Pura), e o amor voltaria a reinar. Mas a mamãe não estava de brincadeira não, e deixou isso bem claro para o Rafa na vez seguinte em que ele apareceu na porta.

Eu não quero você aqui. Mami balançou a cabeça com firmeza. Vá viver com a sua *esposa*.

Se você acha que eu fiquei surpreso, devia ter visto só a cara do meu irmão. Parecia ter levado uma porrada. Vá se foder, então, disse para Mami, e, quando eu lhe avisei que não falasse com a minha mãe daquele jeito, repetiu o mesmo para mim, Vá se foder você também.

Poxa, Rafa, disse eu, seguindo-o até a rua. Você não pode estar falando sério — nem conhece aquela mina.

Mas ele não estava escutando. Quando me aproximei, o cara me deu um soco no peito.

Espero que goste do cheiro de hindu, gritei para ele. E de bosta de bebê.

Mami, comecei. Aonde a senhora está querendo chegar?

Melhor você fazer essa pergunta para *ele*.

Dois dias depois, quando a mamãe estava no trabalho e eu, em Old Bridge, passando um tempo com a Laura — o que equivalia a ficar ouvindo a gata dizer quanto odiava a madrasta —, Rafa entrou em casa e pegou o resto das suas tralhas. Também surrupiou a cama dele, a TV e a cama da mamãe. Os vizinhos que o viram sair contaram que um indiano o ajudou. Fiquei tão puto que queria chamar os tiras, mas a minha mãe me proibiu. Se é assim que ele quer levar a vida dele, não vou impedir.

Tudo bem, mãe, mas como é que eu vou ver os meus programas de TV agora, pô?

Ela me lançou um olhar sombrio. A gente tem outra televisão.

E tínhamos mesmo. Uma em preto e branco, de dez polegadas, com o controle do volume preso permanentemente no 2.

Mami me disse, então, para ir buscar o colchão sobressalente do apê da Doña Rosie. Que terrível o que está acontecendo, comentou a mulher. Isso não é nada, salientou minha mãe. Você precisava ter visto no que a gente dormia quando eu era pequena.

Na vez seguinte em que vi o meu irmão, ele estava na rua com Pura e o garoto, com aparência péssima, usando uma roupa que já não lhe servia mais. Gritei, Seu canalha, a mamãe está dormindo na porra do chão!

Não fala comigo, Yunior, avisou. Eu corto o seu pescoço.

Quando quiser, mano, retruquei. Quando quiser. Agora que ele pesava 50 quilos, e eu tinha metido bronca no levantamento supino e chegado aos 81 quilos, podia ser aguajero, mas meu irmão simplesmente passou o dedo em riste no pescoço.

Deixe o Rafa em paz, pediu Pura, tentando impedi-lo de vir atrás de mim. Deixe a gente em paz.

Ah, oi, Pura. Quer dizer que ainda não te deportaram?

Àquela altura, Rafa já estava avançando e, com 50 quilos ou não, resolvi não forçar a barra. Vazei.

Eu nunca teria imaginado, mas Mami continuou irredutível. Ia trabalhar. Rezava com as amigas, passava o resto do tempo no quarto. Ele tinha feito a escolha dele. Mas ela não parou de rezar pelo filho. Eu a escutei pedir, numa roda da Galera Aleluia, que Deus o protegesse, que o curasse, que lhe desse discernimento. Às vezes, ela me mandava dar um pulo lá para checá-lo, sob o pretexto de levar o remédio dele. Eu ficava com medo, achando que meu irmão ia me matar na entrada, mas a mamãe insistia. Você vai sobreviver, dizia.

Primeiro o tal do guzerate tinha que me deixar entrar no apê, aí eu precisava bater na porta para que eles me deixassem entrar no quarto. Pura, na verdade, mantinha o lugar bem ajeitado, se arrumava para essas visitas, punha no filho as melhores roupas no estilo RSB — Recém-Saído do Barco. A mina mergulhava de cabeça na encenação. Me dava o maior abraço. O que é que manda, hermanito? Rafa, por sua vez, não parecia estar nem aí. Ficava deitado na cama de cueca, sem dizer nada, enquanto eu me sentava na beirada da cama para explicar, com cuidado, uma pílula e outra, Pura assentindo e anuindo, mas dando a impressão de não entender porra nenhuma.

Aí, eu perguntava, aos sussurros, Ele tem se alimentado? Anda doente?

Pura olhava para o meu irmão. Rafa tem sido muy fuerte.

Nada de vômito? Nada de febre?

Ela balançava a cabeça.

Está bom, então. Eu me levantava. Tchau, Rafa.

Tchau, escroto.

Doña Rosie sempre estava com a minha mãe quando eu voltava dessas missões, para evitar que Mami parecesse desesperada. Como é que estava seu irmão?, perguntava a vizinha. Disse alguma coisa?

Ele me chamou de escroto. O que é promissor.

Certa vez, quando Mami e eu estávamos indo para o Pathmark, vimos Rafa, a distância, com Pura e o pentelhinho. Eu me virei para observá-los e ver se iam acenar, mas a mamãe continuou andando.

EM SETEMBRO, AS aulas começaram no colégio. Laura, a branca que eu vinha tentando pegar, inclusive dando bagulho de graça, sumiu do mapa, indo ficar com os amigos de praxe. Chegava a me cumprimentar nos corredores, mas, de repente, passou a não ter mais tempo pra mim. Meus parceiros acharam *hilário*. Aê, pelo visto, tu não é o escolhido não. Pelo visto, não sou mesmo, concordei.

Oficialmente, era o meu último ano no ensino médio, mas até isso parecia questionável. Eu já havia sido rebaixado do curso avançado para o preparatório — no caso, o Cedar Ridge, a trajetória típica dos-que-não-vão-entrar-na-universidade — e só lia o tempo todo, aí, quando ficava doidão demais até para isso, eu me punha a olhar fixamente pela janela.

Depois de algumas semanas nessa baboseira, voltei a matar aula, motivo pelo qual, originalmente, tinham me tirado do curso avançado. Minha mãe saía para trabalhar cedo, voltava tarde e, como não sabia ler nenhuma palavra em inglês, não era como se eu corresse risco de ser pego no flagra. Mas, exatamente por estar matando aula, eu estava em casa no dia em que meu irmão destrancou a porta da frente e entrou. Levou um susto quando me viu sentado no sofá.

O que é que está fazendo aqui, porra?

Ri. O que é que *você* está fazendo aqui, porra?

A aparência dele estava péssima. Uma ferida de herpes escura no canto da boca, os olhos afundados no rosto.

Caralho, o que anda fazendo com a sua pessoa? Está *horrível*.

Meu irmão me ignorou e foi até o quarto da Mami. Fiquei sentado, ouvindo-o revirar troços por um tempo e então sair.

Isso aconteceu mais duas vezes. Só na terceira em que ele estava remexendo lá é que o meu eu Cheech & Chong sacou o que estava acontecendo. Rafa vinha pegando a grana que mamãe deixava guardada no quarto! Era uma caixinha de metal cujo esconderijo ela mudava com frequência, embora eu sempre a rastreasse, para o caso de precisar de grana rápido.

Fui até o quarto da Mami enquanto meu irmão vasculhava o closet, peguei a caixinha de uma das gavetas dela e a prendi com firmeza debaixo do braço.

Rafa saiu de lá. Daí me olhou, e eu olhei para ele. Me dá, disse.

Você não vai pegar porra nenhuma.

Ele me agarrou. Em qualquer outro momento das nossas vidas, não haveria disputa — o cara teria me partido em quatro —, mas as regras tinham mudado. Eu não sabia qual a sensação mais intensa: a satisfação de derrotá-lo fisicamente pela primeira vez na vida ou o temor da mesmice.

A gente derrubou uns troços aqui e ali, mas não deixei que tomasse a caixinha de mim, e ele finalmente a soltou. Eu estava pronto para o segundo round, mas meu irmão tremia.

Tudo bem, disse, ofegante. Pode ficar com a grana. Mas não se preocupe não. Vou dar o troco em breve, seu Bosta.

Estou morrendo de medo.

Naquela noite, contei tudo para a Mami. (Claro, ressaltando que a parada tinha acontecido *depois* que eu voltei do colégio.)

Ela ligou o fogo sob o feijão, que deixara de molho naquela manhã. Por favor, não brigue com o seu irmão. Deixe que leve o que quiser.

Mas está roubando a nossa grana!

Ele pode ficar com ela.

Porra nenhuma, exclamei. Vou mudar a fechadura.

Não vai não. Este apartamento é dele também.

Está de brincadeira comigo, Mami? Eu estava prestes a perder as estribeiras, aí saquei.

Mami?

Sim, hijo.

Há quanto tempo ele anda fazendo isso?

Fazendo o quê?

Pegando a bufunfa.

Quando ela me deu as costas, pus a caixinha de metal no chão e saí para fumar.

NO INÍCIO DE outubro, recebemos uma ligação de Pura. Ele não está se sentindo bem. Minha mãe anuiu, e eu fui até lá dar uma olhada. Passando mal era apelido. Meu irmão estava totalmente delirante. Ardendo em febre, e, quando o toquei, ele me olhou sem me reconhecer. Pura ficou sentada na beirada da cama, segurando o filho, tentando parecer toda preocupada. Me dá a droga da chave, pedi, mas ela deu um sorrisinho débil. A gente perdeu.

Estava mentindo, claro. Sabia que, se eu pegasse a chave do Monarch, nunca mais o veria de novo.

Rafa não conseguia caminhar. Mal podia mover os lábios. Comecei a tentar carregá-lo, mas vi que não ia dar, não por dez quarteirões, e, pela primeira vez na história do nosso bairro, não tinha ninguém por perto. Àquela altura, Rafa já não dizia coisa com coisa, e comecei a me apavorar. Sério: quase surtei. Pensei: Ele vai bater as botas aqui. Aí vi um carrinho de supermercado. Arrastei o mano até ele e o coloquei dentro. Tudo beleza... Eu disse para o meu irmão. Tudo em riba. Pura ficou observando a gente da porta da frente. Preciso cuidar do Adrian, explicou.

Toda a reza da Mami deve ter surtido efeito, porque a gente contou com um milagre naquele dia. Adivinhe quem estacionou na frente do apartamento, quem veio correndo quando viu o que eu tinha no carrinho, quem foi que me levou, junto com Rafa, Mami e todas as Caras de Cavalo até o Beth Israel?

Isso mesmo: Tammy Franco. Vulgo "Fly Tetas".

ELE PASSOU UM longo tempo lá no apê. Muito aconteceu durante e depois, mas não houve mais mulheres. Aquele lado da vida dele tinha terminado. De vez em quando, Tammy o visitava no hospital, mas era como nos velhos tempos, ela só ficava lá sentada, sem dizer nada, e ele tampouco, e dali a pouco a mina se mandava. Que porra é essa?, perguntei para o meu irmão, mas ele nunca explicou, nunca disse uma palavra.

Já Pura — que na verdade não foi visitar meu irmão uma vez sequer quando ele estava hospitalizado — deu uma única passada no nosso apê. Como Rafa continuava internado no Beth Israel, eu estava livre da obrigação de deixá-la entrar, mas me pareceu uma idiotice não fazer isso. Pura se sentou no sofá e tentou segurar as mãos da Mami, mas ela não quis saber de história. A mina estava com Adrian, e o pequeno manganzón começou a correr e a esbarrar nos móveis, e tive que me controlar para não dar um baita chute no traseiro dele. Sem perder nem por um momento o olhar de coitadinha, Pura explicou que Rafa tinha emprestado dinheiro dela e que precisava dele de volta; de outro modo, ia perder o apartamento.

Ah, me poupe, deixei escapar.

Minha mãe a examinou. Quanto é que foi?

Dois mil dólares.

Dois mil dólares. Em 198–. Aquela vadia estava viajando.

Mami balançou a cabeça, pensativa. O que você acha que ele fez com o dinheiro?

Eu não *sei*, sussurrou Pura. Nunca explicou *nada* pra mim.

Aí ela deu um maldito sorriso.

A mina era mesmo um gênio. Minha mãe e eu estávamos com cara de bosta líquida, mas Pura se mostrava feliz da vida, superconfiante — agora que toda a parada tinha acabado, ela nem se dava ao trabalho de esconder. Eu teria batido palmas se tivesse energia, mas me sentia deprimido demais.

Mami não disse nada por um tempo, daí foi até o quarto. Achei que voltaria com o três-oitão do meu pai, a única coisa que guardara dele quando o velho se pirulitou. Para nos proteger, alegara, mas o mais provável era que atirasse no meu pai se o visse de novo. Fiquei observando o filhinho de Pura jogar de um lado para o outro o *Guia da TV*. Eu me perguntei o quanto ele ia gostar de ser órfão. Daí minha mãe voltou, com uma nota de 100 dólares.

Mami, disse eu, debilmente.

Ela deu a nota para a mina, mas continuou a segurar a ponta da mesma. Por um instante, as duas se encararam e, em seguida, Mami soltou o dinheiro, a energia entre ambas tão forte que o papel estalou.

Que Dios te bendiga, disse Pura, ajeitando o tomara que caia em cima dos seios, antes de se levantar.

Nenhum de nós chegou a ver de novo nem Pura, nem o filho dela, nem o nosso carro, nem a nossa TV, nem as nossas camas, nem a quantidade X de dólares que Rafa roubou dela. A mina se picou do Terrace em algum momento antes do Natal com destino desconhecido. Foi o que o guzerate me contou quando deparei com o mané no Pathmark. Ainda estava puto da vida porque Pura tinha deixado de pagar quase dois meses de aluguel.

Última vez que vou alugar pra um de vocês.

É isso aí, eu disse.

ENTÃO SERIA DE pensar que Rafa ficaria ao menos um pouco arrependido quando por fim saísse do hospital. Sem chance! Não disse uma palavra sobre Pura. Não conversava muito a respeito de nada. Acho que sabia, no fundo, que não ia melhorar. Via TV pra caramba e, às vezes, caminhava devagar até o aterro. Começou a usar um crucifixo, mas se recusava a rezar ou a agradecer a Jesus, como queria minha mãe. As Caras de Cavalo voltaram a ir até o nosso apê quase todos os dias, mas Rafa olhava para elas e, só para sacanear, dizia, Que se dane Jesu, o que só as levava a rezar com mais fervor ainda.

Eu tentava ficar longe do caminho dele. Tinha finalmente conseguido ficar com uma garota não tão gata quanto a Laura, mas que pelo menos gostava de mim. Ela me mostrara como tomar chá de cogumelo, e era assim que eu passava o tempo em que deveria estar no colégio, consumindo um monte com ela. Não pensava no futuro.

Vez por outra, quando eu e Rafa ficávamos sozinhos, vendo um jogo na TV, eu tentava conversar com ele, só que o cara nunca respondia. Meu irmão tinha perdido todo o cabelo e usava um boné dos Yankees até mesmo dentro de casa.

Então, mais ou menos um mês depois que ele saiu do hospital, eu estava voltando para casa com uma garrafa de leite, chapado e pensando na mina nova, quando, do nada, minha cabeça *explodiu*. Deu tipo um blecaute em todos os circuitos do meu cérebro. Não faço ideia de quanto tempo fiquei caído, mas, um sonho e meio depois, quando dei por mim, estava de joelhos, com o rosto ardendo, segurando não a garrafa de leite, mas um imenso cadeado de Yale.

Só quando fui para o apê, e Mami colocou uma compressa no calombo sob a minha bochecha, saquei o que tinha ocorrido. Alguém tinha atirado o cadeado em mim. Alguém que, quando ainda jogava beisebol no nosso ensino médio, jogara uma bola rápida a 150 quilômetros por hora.

Que terrível isso, comentou Rafa, em tom de desaprovação. Podiam ter arrancado o seu olho.

Mais tarde, quando Mami foi se deitar, ele me olhou calmamente: Não falei que ia dar o troco? Não falei?

Aí riu.

Invierno

DO ALTO DA WESTMINSTER, nossa artéria principal, dava para ver a faixa mais minúscula possível de oceano na crista do horizonte, a leste. Tinham mostrado aquela vista para o meu pai — a gerência fazia isso com todo mundo —, mas, quando ele foi nos pegar no JFK, não parou para que a vislumbrássemos. Talvez o oceano tivesse feito a gente se sentir melhor, considerando o que mais tínhamos para ver. O próprio London Terrace estava uma zona; metade dos prédios ainda aguardava a instalação elétrica e, à luz vespertina, aquelas estruturas pareciam dispersas como navios de tijolo encalhados. A lama acompanhava o cascalho em toda parte, e a grama, plantada no final do outono, destacava-se em meio à neve em tufos mortos.

Cada prédio conta com a própria lavanderia, explicou Papi. Mami observou distraidamente por debaixo da parca e anuiu. Que maravilha, disse ela. Eu fiquei olhando a neve se amontoar sobre si mesma, amedrontado, e meu irmão pôs-se a estalar os dedos. Aquele era o nosso primeiro dia nos Estados Unidos. O mundo estava congelado.

Nosso apartamento pareceu imenso para mim e Rafa. Tínhamos um quarto só para nós dois, e a cozinha, com geladeira e fogão, era quase do tamanho da nossa casa em Sumner Welles. A gente não parou de tremer até Papi regular a temperatura do lugar em mais ou menos 27 graus. Gotas de água acumulavam-se nas janelas como abelhas, e precisávamos limpar o vidro para conseguir enxergar o lado de fora. Rafa e eu estávamos estilosos nas nossas roupas novas e queríamos sair, mas Papi mandou que tirássemos as botas e as parcas. Aí nos fez sentar na frente da TV, os braços dele magros e surpreendentemente peludos até a manga curta. Tinha acabado de nos mostrar como dar descarga na privada, abrir as torneiras e ligar o chuveiro.

Isso não é uma favela, começou Papi. Quero que tratem tudo ao seu redor com respeito. Não quero ver vocês jogando lixo no chão nem na rua. Não quero ver vocês usando arbustos como banheiro.

Rafa me deu uma cutucada. Em Santo Domingo, eu fazia xixi em tudo quanto era lugar, e, na primeira vez que Papi me vira em ação, mijando numa esquina, na noite da sua volta triunfal, gritara, Que carajo está fazendo?

Tem gente decente morando aqui, e é assim que nós vamos viver. Vocês são americanos agora. Ele estava com a garrafa de Chivas Regal apoiada na perna.

Depois de esperar alguns segundos para mostrar que sim, eu tinha entendido tudo o que dissera, perguntei. A gente pode ir lá para fora agora?

Por que não me ajudam a desfazer as malas?, sugeriu Mami. Suas mãos estavam rígidas: geralmente remexiam pedaços de papéis, mangas de blusas ou uma na outra.

134

A gente só vai sair um pouquinho, insisti. Eu me levantei e coloquei a bota. Se conhecesse meu pai um pouquinho que fosse não teria dado as costas para ele. Mas não o conhecia, pois o velho passara os últimos cinco anos nos Estados Unidos, trabalhando, e nós, os últimos cinco anos em Santo Domingo, esperando. Ele apertou a minha orelha e me puxou de volta para o sofá. Não parecia nada satisfeito.

Você só vai quando eu disser que pode ir.

Olhei para Rafa, que estava sentado tranquilamente na frente da TV. Lá na Ilha, nós dois até andávamos de guagua por toda a capital, sozinhos. Olhei para Papi, seu rosto estreito ainda estranho. Não fique me encarando, disse ele.

Mami se levantou. Melhor vocês virem me ajudar.

Eu não me movi. Na TV, os locutores falavam entre si por meio de uns ruídos curtos e monótonos. Repetiam uma palavra após a outra. Depois, quando fui para a escola, aprendi que a palavra que diziam era *Vietnã*.

COMO NÃO DEIXAVAM que saíssemos de casa — está frio demais, justificara Papi uma vez, mas, na verdade, não havia motivo algum, exceto ele não estar a fim de permitir —, a gente se sentava a maior parte do tempo na frente da TV ou ficava contemplando a neve, naqueles primeiros dias. Mami limpava tudo umas dez vezes e preparava uns almoços bem esmerados. Todos nós mudos, de tão entediados.

Desde o início, Mami tinha concluído que ver TV era proveitoso; bom para aprender o idioma. Ela via nossas mentes jovens como girassóis radiantes e pontiagudos em busca de luz, e nos colocava o mais perto possível da televisão, para aumentar ao máximo a nossa exposição. A gente assistia a noticiários, programas humorísticos, desenhos, *Tarzã, Flash Gordon, Jonny Quest, Os Herculoides, Vila Sésamo* — oito, nove horas de TV por dia, mas as melhores lições vinham mesmo de *Vila Sésamo*. Cada palavra que o meu irmão e eu aprendíamos, treinávamos um com o outro, repetindo diversas vezes, aí, quando Mami pedia que lhe disséssemos como pronunciá-la, balançávamos as cabeças e falávamos, Não esquenta com isso não.

Mas me digam, vai, insistia ela, aí a gente pronunciava as palavras bem devagar, formando umas bolhas de sabão imensas e indolentes de som, que ela nunca conseguia reproduzir. Os lábios dela pareciam se mover aos trancos até mesmo com as mais simples vogais. A pronúncia está péssima, comentei.

O que é que você sabe de inglês?, perguntou ela.

No jantar, Mami tentava treinar o inglês com Papi, mas ele só ficava remexendo o pernil, que não era o melhor prato que mamãe preparava.

Não entendi uma palavra do que você disse, ele deixava escapar, por fim. É melhor eu ficar encarregado do inglês.

E como quer que eu aprenda?

Não precisa, respondeu Papi. Além do mais, as mulheres comuns não conseguem aprender esse idioma. É uma língua difícil de dominar, acrescentou, primeiro em espanhol, depois em inglês.

Mami não disse mais nenhuma palavra. De manhã, assim que Papi saiu do apartamento, ela ligou a TV e nos colocou na frente dela. Sempre fazia um frio danado nesse horário dentro de casa, e sair das nossas camas já era um tremendo sacrifício.

Está cedo demais, dizíamos.

É como se estivessem em aula, sugeriu Mami.

Não é não, respondíamos. A gente estava acostumado a estudar de tarde.

Vocês dois reclamam demais. Aí ela ficava atrás da gente e, quando eu me virava, via que ficava movendo os lábios, repetindo as palavras que estávamos aprendendo, tentando dar sentido a elas.

ATÉ MESMO OS sons matinais provocados pelo Papi eram estranhos para mim. Eu ficava deitado na cama, escutando-o cambalear no banheiro, como se estivesse bêbado ou algo assim. Não sabia exatamente qual era a função dele na Reynolds Aluminum, mas tinha um montão de uniforme dele no closet, todos sujos de óleo de máquina.

Eu tinha esperado por um pai diferente, com uns 2 metros de altura e grana suficiente para comprar nuestro barrio inteirinho, mas aquele ali tinha estatura mediana e rosto comum. Chegara a nossa casa em Santo Domingo num táxi caindo aos pedaços, com uns presentes bem pequenos — armas de brinquedo e piões —, infantis demais para nós, que os quebramos na mesma hora. Embora tivesse nos abraçado e levado para jantar no

Malecón — os primeiros filés da nossa vida —, eu não sabia o que pensar dele. Pai é um troço difícil de entender.

Naquelas primeiras semanas nos Estados Unidos, Papi passava a maior parte do tempo que ficava em casa lá embaixo, com os livros, ou na frente da TV. Quase sempre que se dirigia a nós era para nos disciplinar, o que não nos surpreendeu. Nós tínhamos visto outros pais em ação, entendíamos aquele lado da rotina.

No caso do meu irmão, ele só tentava evitar que gritasse, que derrubasse troços no chão. Mas, no meu, implicava com os meus cadarços. Cismava com eles. Eu não sabia amarrar o tênis direito, e, mesmo quando fazia o melhor laço, Papi se inclinava e o desamarrava com um só puxão. Pelo menos você tem futuro como mágico, comentou Rafa, mas aquilo era sério. Meu irmão me mostrava como fazer, eu dizia, Está legal, e não tinha a menor dificuldade na frente dele, mas, assim que sentia a respiração do Papi em cima do meu pescoço, a mão no cinto, não conseguia fazer o laço; aí olhava para o pai como se meus cadarços fossem fios sob tensão que ele queria que eu unisse.

Eu conheci uns caras tapados en la Guardia Nacional, comentou Papi, mas todos, sem exceção, sabiam amarrar as porras dos tênis. Ele olhou para Mami. Por que é que ele não consegue?

Essa não era o tipo de pergunta para a qual havia resposta. Ela olhou para baixo, examinou as veias que percorriam a parte posterior das próprias mãos. Por um instante, os olhos de tartaruga lacrimosos do meu pai se encontraram com os meus. Nem me olhe, disse ele.

Mesmo nos dias em que eu conseguia dar uma droga de nó razoavelmente aceitável, como dizia Rafa, Papi ainda contava com meus cabelos para encher o saco. Enquanto os do meu irmão eram lisos e deslizavam pelo pente como um sonho de avós caribenhos, os meus tinham mantido boa parte do lado africano, a ponto de me condenar a penteadas intermináveis e cortes piradões. Mamãe cortava os nossos cabelos todo mês, mas, naquela vez, quando me fez sentar, meu pai a aconselhou a nem perder tempo.

Só uma coisa vai dar um jeito nisso, comentou Papi. Você, vá se vestir.

Rafa me seguiu até o quarto e observou enquanto eu abotoava a camisa. Estava com a boca tensa. Comecei a ficar ansioso. Qual é seu problema?, perguntei.

Nada não.

Então para de ficar me olhando. Quando fui pôr o tênis, ele o amarrou para mim. Na porta, meu pai observou o laço e disse, Você está melhorando.

Embora soubesse onde a van estava estacionada, fui para o outro lado, só para dar uma espiada no bairro. Papi só notou minha deserção quando virei a esquina e, assim que vociferou meu nome, voltei correndo, mas já havia visto os campos e as crianças na neve.

Sentei no banco da frente. Ele colocou uma fita de Johnny Ventura no toca-fitas e nos conduziu com tranquilidade rumo à Rota 9. A neve se acumulava em montículos sujos no acostamento da estrada. Não tem nada pior que neve velha, comentou meu pai. É linda enquanto cai, mas, assim que toca o chão, vira uma desgraça.

Mas tem acidentes que nem quando chove?

Não comigo dirigindo.

As tifas às margens do Raritan estavam rígidas e cor de areia, e quando atravessamos o rio Papi disse, Trabalho na cidade seguinte.

A gente tinha ido a Perth Amboy em busca dos serviços de um sujeito bem talentoso, um barbeiro porto-riquenho chamado Rubio que sabia exatamente o que fazer com pelo malo. Ele passou dois ou três cremes nos meus cabelos e deixou aquela espuma ficar ali um tempo, aí, depois que a esposa dele os enxaguou, ficou examinando minha cabeça no espelho, deu umas puxadas nuns fios aqui e ali, pôs um óleo e, por fim, deixou escapar um suspiro.

É melhor raspar logo tudo de uma vez, sugeriu Papi.

Tenho outros produtos que podem dar certo.

Papi olhou para o relógio. Raspe.

Está bom, disse Rubio. Observei a máquina de cortar abrir caminho no meu cabelo, observei o meu couro cabeludo aparecer, macio e indefeso. Um dos velhos na sala de espera deu uma risadinha desdenhosa e ergueu mais o jornal. Meu estômago revirava; não queria ficar de cabeça raspada, mas o que é que podia dizer para o meu pai? Eu não tinha palavras. Quando Rubio terminou, passou talco no meu pescoço. Agora você está guapo, comentou, pouco convincente. Aí me deu um chiclete, que meu irmão roubaria na hora em que pisássemos em casa.

E então?, quis saber Papi.

O senhor cortou demais, respondi, honestamente.

Fica melhor assim, disse ele, pagando o barbeiro.

Assim que a gente saiu da barbearia, o frio pressionou minha cabeça como uma placa de lama úmida.

Voltamos para casa em silêncio. Um navio petroleiro atracava no porto do Raritan, e fiquei imaginando se seria fácil embarcar às escondidas e desaparecer.

Você gosta de negras?, perguntou meu pai.

Eu me virei para observar as mulheres pelas quais tínhamos acabado de passar. Aí, quando voltei a olhar para a frente, percebi que ele aguardava uma resposta, que queria mesmo saber, e, embora tivesse me dado vontade de dizer que não gostava de nenhum tipo de menina, respondi, em vez disso, Ah, gosto sim, e meu pai sorriu.

Elas são lindas, disse ele, acendendo um cigarro. Cuidam de você melhor que ninguém.

Rafa riu quando meu viu. Você parece um polegar gigante.

Díos mio, disse Mami, fazendo com que eu desse uma volta. O que foi que você fez com ele?

Ficou bom, salientou Papi.

E o frio vai acabar fazendo o menino adoecer.

Papi pôs a palma da mão gelada na minha cabeça. Ele gostou, insistiu.

Como a jornada de trabalho de cinquenta horas por semana do Papi era longa, nos dias de folga ele esperava tranquilidade, mas eu e o meu irmão estávamos com energia acumulada demais para ficar quietos: não achávamos nada demais usar os sofás como cama elástica às nueve de la mañana, enquanto ele dormia. No nosso antigo barrio, a gente estava acostumado com o pessoal sacolejando as ruas ao som de merengue 24 horas por dia. Os vizinhos do andar de cima, que brigavam feito trolls por qualquer coisinha, dançavam com passos pesados. Vocês dois, querem fazer o favor de calar a boca?, mandava Papi saindo do quarto, o short desabotoado, O que foi que eu falei, hein? Quantas vezes já pedi que não façam barulho? Ele dava palmadas a torto e a direito, e nós passávamos tardes inteiras no Corredor do Castigo — no nosso quarto —, onde a gente tinha que ficar deitado na cama, sem arredar o pé, porque, se ele entrasse de supetão e pegasse a mim e ao Rafa na frente da janela, fitando a neve deslumbrante, puxava a nossa orelha e dava mais tabefes, e então a gente tinha que passar horas de joelhos no canto. Se não seguíssemos à risca essa ordem, se brincássemos ou trapaceássemos, ele nos obrigava a ajoelhar em cima da parte cortante de um ralador de coco, e só quando estivéssemos sangrando e choramingando nos deixava sair.

Agora vocês vão ficar quietos, dizia ele, satisfeito, e nós ficávamos deitados na cama, os joelhos ardendo por causa do iodo, esperando que ele fosse trabalhar para que pudéssemos pôr as mãos de novo no vidro gelado da janela.

Ficávamos vendo as crianças do bairro construírem bonecos de neve e iglus, depois brincarem de jogar bolas uns nos outros. Contei para o meu irmão que vira um campo, enorme na minha lembrança, mas ele só deu de ombros. Um irmão e uma irmã moravam do outro lado, no apartamento quatro, e, quando desciam, nós acenávamos para eles. Os dois faziam o mesmo e gesticulavam, pedindo que descêssemos, mas nós balançávamos as cabeças: Não podemos.

142

O irmão puxava a irmã até a parte em que estava a garotada, com pás e cachecóis compridos, cobertos de neve. Ela parecia gostar do Rafa, para quem acenava quando ia embora. Ele não retribuía o aceno.

Dizem que as garotas americanas são bonitas, comentou meu irmão.

Você já viu alguma?

Aquela ali é o quê? Rafa se inclinou para pegar um lenço de papel e assoou com estrondo o nariz. Todos nós estávamos com dor de cabeça, tosse e resfriado; apesar do aquecedor ligado no máximo, o inverno estava acabando com a gente. Eu precisava usar um chapéu de Papai Noel dentro do apartamento, para aquecer a cabeça raspada; parecia um elfo tropical miserável.

Limpei o nariz. Se isso são os Estados Unidos, me manda pelo correio de volta para casa.

Não se preocupe. A mamãe diz que, na certa, a gente vai voltar.

Como é que ela sabe?

Mami e Papi têm conversado sobre isso. Ela acha que seria melhor se a gente voltasse. Rafa passou o dedo tristemente pela janela. Ele não queria ir, gostava da TV, do banheiro e já se imaginava com a garota do apartamento quatro.

Não sei não, disse eu. Não parece que o Papi vai para lugar nenhum.

E você, o que é que sabe, por acaso? Não passa de um pequeno mojón.

Eu sei mais do que você. Papi não mencionou nem uma vez que ia voltar para a Ilha. Então, esperei que o

humor do Rafa melhorasse, depois que visse Abbott &
Costello, e perguntei se achava que a gente ia voltar logo.

Para quê?

Fazer uma visita.

Você não vai pra lugar nenhum.

JÁ NA TERCEIRA semana eu estava começando a achar
que a gente não ia conseguir ficar. Mami, que tinha sido
a nossa autoridade na Ilha, estava esmorecendo. Cozinhava a nossa comida, daí ficava lá sentada, esperando
para lavar os pratos. Não tinha amigos, nem vizinhos
para visitar. Vocês deviam conversar comigo, dizia ela,
mas a gente falava para ela esperar o Papi chegar. Ele vai
conversar com a senhora, garanti a ela. O temperamento
do Rafa piorou. Eu puxava o cabelo dele, uma velha
brincadeira entre nós, e ele saía do sério. A gente brigava,
brigava, brigava e, depois que a mamãe nos separava, em
vez de fazer as pazes como nos velhos tempos, ficávamos
em cantos opostos do quarto, de cara feia, planejando a
morte do outro. Vou te queimar vivo, prometeu ele. Melhor colocar números nos braços e nas pernas, ameacei,
para que saibam como juntar você no funeral. A gente
lançava ácido com as nossas encaradas, como répteis. E
o nosso tédio piorava tudo.

Um dia vi o irmão e a irmã do apartamento quatro
começarem a se arrumar para ir brincar e, em vez de
acenar, coloquei a parca. Rafa estava sentado no sofá,
vendo ora um programa sobre culinária chinesa ora um
jogo com os melhores jogadores da Liga Infantil. Eu vou
sair, avisei.

144

Até parece, disse Rafa, mas quando abri a porta da frente ele disse, Ei!

O ar lá fora estava gelado, e quase cai na escada. Nenhum dos nossos vizinhos era chegado a remover a neve com pá. Cobrindo a boca com o cachecol, desci com dificuldade pelas camadas irregulares de neve. Alcancei os irmãos na lateral do nosso prédio.

Esperem!, gritei. Quero brincar com vocês.

O irmão me observou com um meio sorriso, sem entender uma palavra do que eu tinha dito, os braços rígidos, ao lado do corpo. Seus cabelos eram assustadoramente sem cor. A irmã tinha olhos verdes, e estava com a face sardenta protegida num capuz de pele cor-de-rosa. Usávamos a mesma marca de luvas, compradas baratinho no Two Guys. Parei, e ficamos frente a frente, nosso bafo esbranquiçado quase percorrendo a distância entre nós. O mundo era um gelo, que derretia sob a luz do sol. Tratava-se do meu primeiro encontro com americanos, e eu me sentia relaxado e bem-disposto. Acenei com as luvas e sorri. A irmã se virou para o irmão e riu. Ele disse alguma coisa para ela e, então, a menina correu até onde estavam as outras crianças, os repiques do riso dela diminuindo sobre seu ombro como o vapor de sua respiração cálida.

Eu estava louco para sair de casa, comentei. Mas o papai não deixa, por enquanto. Ele acha que a gente é muito pequeno, mas, olha só, sou mais velho do que a sua irmã, e o meu irmão parece ser mais velho do que você.

O irmão apontou para si mesmo. Eric, disse.

Eu me chamo Yunior.

Ele nunca parou de sorrir. Aí se virou e caminhou rumo ao grupo de crianças, que se aproximava. Eu sabia que Rafa estava me observando da janela e lutei contra a vontade de me virar e acenar. As crianças gringas me olharam a distância e, então, saíram andando. Esperem, eu disse, mas, então, um Oldsmobile estacionou no terreno ao lado, as rodas lamacentas e cheias de neve. Não deu para segui-las. A irmã olhou para trás uma vez, uma mecha do cabelo aparecendo no capuz. Depois que eles foram embora, fiquei parado na neve até os meus pés gelarem. Eu estava com medo demais de levar uma surra se avançasse demais.

Rafa tinha ficado esparramado na frente da TV.

Hijo de la gran puta, praguejei, me sentando.

Você parece congelado.

Nem respondi. Ficamos vendo televisão até uma bola de neve atingir a porta de vidro do terraço e nos sobressaltar.

O que foi isso?, perguntou Mami do quarto dela.

Outras duas bolas de neve atingiram o vidro. Dei uma espiada por trás da cortina e vi os irmãos escondidos atrás de um Dodge soterrado pela neve.

Nada, Señora, respondeu Rafa. É só a neve.

Como assim, ela está aprendendo a dançar lá fora?

Só está caindo, disse meu irmão.

Eu e ele ficamos atrás da cortina observando o irmão atirar rápido e com força, como um arremessador de beisebol.

Todo dia, os caminhões iam até o nosso bairro com o lixo. O aterro ficava a 3 quilômetros dali, mas a mecânica do ar invernal trazia seus ruídos e cheiros até nós, concentrados. Quando a gente abria a janela, podia ouvir e sentir o fedor da escavadeira espalhando o lixo, formando camadas grossas e putrefatas sobre o aterro. Víamos as gaivotas observando as atividades, milhares delas, voando em círculos.

Você acha que as crianças brincam lá?, perguntei para Rafa. Estávamos parados no terraço, corajosos; a qualquer momento Papi podia entrar no estacionamento e nos ver.

Claro que brincam. Você não faria isso?

Molhei os lábios. Eles devem encontrar muita coisa lá.

Um montão, ressaltou Rafa.

Naquela noite sonhei com a nossa casa, sonhei que nunca tínhamos saído de lá. Acordei com dor de garganta, ardendo em febre. Lavei o rosto na pia, aí me sentei perto da nossa janela, o meu irmão dormindo, e observei as pedrinhas de gelo caírem e formarem uma concha em cima dos carros, da neve, da calçada. Aprender a dormir em lugares novos é o tipo de habilidade que se deve perder conforme se envelhece, mas eu nunca a tive. Somente agora o prédio se mostrava mais familiar, a magia tensa do prego recém-fixado finalmente começando a abrandar. Ouvi alguém andando na sala e, quando saí, encontrei a minha mãe parada na frente da porta do terraço.

Não está conseguindo dormir?, quis saber ela, o rosto suave e perfeito sob a iluminação halógena.

Balancei a cabeça.

Eu sempre fui assim, disse Mami. Isso não vai facilitar a sua vida.

Abracei-a pela cintura. Só naquela manhã tínhamos visto do terraço três caminhões de mudança. Vou rezar que sejam dominicanos, comentou ela, a face apoiada no vidro; mas só tinha chegado gente de Porto Rico.

Mami deve ter me colocado na cama, pois no dia seguinte acordei do lado do Rafa. Ele roncava. Papi também estava roncando no outro quarto, e algo me dizia que eu tampouco dormia silenciosamente.

No final do mês, as escavadeiras jogaram uma camada de terra macia e amarelada em cima do aterro, e as gaivotas despejadas invadiram em bandos o conjunto habitacional, evacuando e fazendo alvoroço, até uma nova leva de lixo ser levada.

MEU IRMÃO ESTAVA se esforçando para ser o Filho Número Um; no que dizia respeito a outros aspectos, continuava mais ou menos igual, mas, no que tangia ao meu pai, o cara o obedecia com uma escrupulosidade que nunca mostrara ter para ninguém. Rafa em geral era um animal, mas, na casa do meu pai, ele se transformara numa espécie de muchacho bueno. Se Papi mandava a gente ficar dentro, meu irmão não arredava o pé de casa. Foi como se a ida aos Estados Unidos tivesse aparado as arestas dele. Em breve elas ressurgiriam mais terríveis do que antes, mas, naqueles primeiros meses, o cara emudecera. Acho que ninguém o teria reconhecido. Eu também queria que o meu pai gostasse de mim, mas não tinha a menor disposição de obedecer; brincava um pouco na neve, mas nunca muito longe do apartamento. Você vai ser pego, previu Rafa. Eu notava que a minha ousadia deixava meu irmão deprimido; ele ficava olhando da janela enquanto eu fazia montículos de neve e me deixava levar pelo vento. Eu me mantinha longe dos gringos. Quando via o irmão e a irmã do apartamento quatro, entrava em estado de alerta e ficava de olho num ataque surpresa. Eric acenava e a irmã também; eu não retribuía o gesto. Certa vez ele se aproximou e me mostrou a bola de beisebol que devia ter acabado de ganhar. Roberto Clemente, comentou, mas continuei a construir o meu forte. A irmã dele enrubesceu mais, disse algo em voz alta, e Eric se mandou.

Um dia a irmã estava brincando lá fora sozinha e eu a segui até o campo. Havia uns tubos imensos de concreto espalhados aqui e ali na neve. Ela entrou num deles e eu fui atrás dela, engatinhando.

A menina ficou sentada de pernas cruzadas no tubo de concreto, dando um largo sorriso. Tirou as luvas e esfregou as mãos. Como estávamos protegidos do vento, segui o exemplo dela. Ela me tocou com um dos dedos.

Yunior, disse eu.

Elaine, falou ela.

Ficamos ali sentados por um tempo, eu louco para me comunicar, ela soprando as mãos. Aí a garota ouviu o irmão chamá-la e saiu engatinhando do tubo. Eu também. Ela já estava parada ao lado dele. Quando Eric me viu, gritou algo e jogou uma bola de neve na minha direção. Atirei uma de volta.

Dali a menos de um ano eles já haveriam partido. Todos os brancos o fariam. Só restaríamos nós, os de cor.

UMA NOITE, MAMI e Papi conversaram. Ele se sentou no seu lugar à mesa, e ela se inclinou para mais perto dele e perguntou, Você pretende levar los niños para passear, um dia? Não pode manter os dois aqui trancados desse jeito.

Eles vão para a escola daqui a pouco, disse ele, fumando cachimbo. E, assim que o inverno der uma trégua, quero lhes mostrar o oceano. Dá para ver o mar daqui, sabe, mas é melhor fazer isso de perto.

Quanto tempo o inverno ainda vai durar? Não muito, prometeu ele. Vai ver só. Daqui a alguns meses nenhum de vocês se lembrará disso e, a essa altura, não vou ter que trabalhar tanto. A gente vai poder viajar na primavera e ver tudo.

Assim espero, disse Mami.

Minha mãe não era o tipo de mulher que se deixava intimidar com facilidade, mas, nos Estados Unidos, deixou meu pai deitar e rolar em cima dela. Se ele dissesse que tinha que trabalhar dois dias seguidos, ela assentia e cozinhava moro suficiente para ele. Mami estava deprimida e triste, com saudades do próprio pai, das amigas e dos nossos vizinhos. Todo mundo tinha avisado a ela que os Estados Unidos eram um lugar difícil, onde até o Diabo comia o pão que amassava, mas ninguém lhe informara que passaria o resto da vida ilhada com os filhos por causa da neve. Mami escrevia uma carta após a outra para casa, implorando que as irmãs viessem assim que pudessem. Este bairro é desolado e não temos amigos aqui. Então, passou a implorar que o meu pai levasse os colegas dele até lá. Queria bater papo, conversar com alguém além dos filhos e do marido.

Nenhum de vocês está preparado para receber convidados, dizia o meu pai. Olhe só para esta casa. Olhe só para os seus filhos. Me dá vergüenza vê-los encurvados e largados desse jeito.

Não pode reclamar deste apartamento. Só o que faço é limpar o tempo todo.

E os seus filhos?

Minha mãe olhou para mim e depois para Rafa. Coloquei um dos meus pés calçados em cima do outro. Depois disso, ela mandou Rafa ficar de olhos nos meus cadarços. Quando ouvíamos a van do meu pai chegar ao estacionamento, Mami nos chamava para fazer uma rápida inspeção. Cabelos, dentes, mãos, pés. Se houvesse alguma coisa errada, ela nos escondia no banheiro até o problema ser resolvido. Começou a caprichar mais no jantar. Até mudava o canal da TV para Papi, sem chamá-lo de zángano.

Está bom, disse ele, finalmente. Talvez dê certo.

Não precisa ser nada grande, acrescentou Mami.

Por duas sextas seguidas ele levou um amigo para jantar, e a mamãe colocou seu melhor macacão de poliéster e nos deixou todos arrumadinhos com calças vermelhas, cintos brancos grossos e camisas de tom roxo azulado com desenhos de correntes. Vê-la ficar até asmática de tanto entusiasmo nos deu esperança de que o nosso mundo também estivesse prestes a mudar para melhor, embora aqueles jantares fossem bem constrangedores. Os homens eram solteiros e passavam o tempo ali ora conversando com Papi ora olhando para o traseiro da Mami. O nosso pai parecia desfrutar da companhia deles, mas a mamãe não se sentava nem um minuto, servindo rápido a comida, abrindo cervejas e mudando de canal. Começava a noite com naturalidade e disposição, franzindo o cenho com a mesma facilidade que sorria, mas, conforme os homens iam afrouxando os cintos, expondo os dedos dos pés e conversando sobre assuntos do próprio interesse, ela ia se retraindo, a expressão se estreitando cada vez mais, até só restar um sorriso tenso e cauteloso, que parecia se deslocar pela sala como uma sombra se alastrando lentamente por uma parede. Nós, pirralhos, éramos ignorados a maior parte do tempo, exceto uma vez, quando o primeiro visitante, Miguel, perguntou, Vocês lutam boxe tão bem quanto o seu pai?

São bons lutadores, respondeu Papi.

O seu pai é muito rápido. Tem mãos ágeis. Miguel se inclinou. Eu o vi acabar com um gringo, bater no cara até ele começar a guinchar.

O visitante tinha trazido uma garrafa de rum Bermúdez; ele e o meu pai estavam bêbados.

Está na hora de você ir para o seu quarto, disse Mami, tocando meu ombro.

Por quê?, perguntei. Lá a gente só fica sentado.

É como eu me sinto em relação à minha casa, comentou Miguel.

O olhar ferino da Mami me partiu em dois. Cale a boca, disse ela, nos empurrando até o quarto. Ficamos lá sentados, como previsto, escutando. Nas duas visitas, os homens encheram a pança, parabenizaram Mami pela comida, Papi pelos filhos, e então ainda ficaram por cerca de uma hora, em nome das boas maneiras. Cigarros, dominós, fofocas e, em seguida, o inevitável Bom, melhor eu ir andando. A gente tem que trabalhar amanhã. Sabe como é que é.

152

Claro que sei. Do que mais sabemos, nós, dominicanos?

Depois, Mami lavou as panelas em silêncio na cozinha, raspando os restos da carne de porco assada, e Papi foi se sentar no terraço, com a camisa de manga curta; pelo visto se tornara insensível ao frio naqueles últimos cinco anos. Quando ele entrou, tomou um banho e pôs o macacão. Tenho que trabalhar hoje à noite, comentou.

Mamãe parou de raspar a panela com a colher. Você devia procurar um emprego menos inconstante.

Papi deu de ombros. Se acha que é fácil encontrar trabalho, vá procurar um.

Assim que ele saiu, Mami arrancou a agulha do disco e interrompeu Félix del Rosario. Nós a escutamos no closet, pondo o casaco e as botas.

Você acha que ela vai abandonar a gente?, eu quis saber.

Rafa franziu o cenho. Talvez.

Quando ouvimos a porta da frente abrir, saímos do quarto e encontramos o apartamento vazio.

Melhor a gente ir atrás dela, sugeri.

O meu irmão parou à porta. Vamos dar um minutinho para ela.

Qual é o seu problema?, perguntei.

A gente espera dois minutos.

Um, disse eu, bem alto. Ele pressionou o rosto contra o vidro da porta do terraço. A gente estava prestes a abrir a porta quando ela voltou, ofegante, envelopada pelo frio.

Aonde a senhora foi?, eu quis saber.

Fui dar uma caminhada. Ela jogou o casaco perto da porta, a face rubra de frio e a respiração entrecortada, como se mamãe tivesse subido correndo os últimos trinta degraus.

153

Onde?

Só até a esquina.

E por que diabos fez isso?

Mami começou a chorar e, quando o Rafa pôs a mão na cintura dela, a mamãe deu um tapa nela. Nós voltamos para o quarto.

Acho que ela está enlouquecendo, comentei.

Só está se sentindo sozinha, explicou meu irmão.

NA NOITE ANTERIOR à nevasca, ouvi o vento batendo na nossa janela. Acordei na manhã seguinte, morrendo de frio. Mami remexia nervosamente no termostato; deu para ouvir o gorgolejar da água nos canos, mas o apartamento não ficou muito mais aquecido.

Vão brincar, disse Mami. Aí nem vão pensar nisso.

Está quebrado?

Não sei. Ela olhou sem muita segurança para a pequena alavanca. Talvez o aquecedor esteja lento esta manhã.

Nenhum de los gringos brincava lá fora. Nós ficamos sentados à janela, esperando por eles. De tarde, o meu pai ligou do trabalho; cheguei até a ouvir as empilhadeiras quando atendi.

Rafa?

Não, sou eu.

Vá chamar a sua mãe.

Tem uma nevasca a caminho, explicou para ela — eu consegui ouvi-lo de onde estava. Não tem como eu sair para ficar com vocês. Vai ser terrível. Talvez eu consiga voltar amanhã.

O que é que eu devo fazer?, perguntou Mami.

Fique dentro de casa. E encha a banheira de água.

Onde é que você vai dormir?, ela quis saber.

Na casa de um amigo.

Ela virou o rosto, ficando de costas para nós. Está bem, disse. Quando desligou, sentou-se na frente da TV. Como sabia que eu ia ficar enchendo o saco dela por causa do Papi, foi logo dizendo, Fiquem vendo o seu programa.

A estação WADO recomendava cobertores extras, água, lanternas e comida. A gente não tinha nada daquilo. E se a neve soterrar a gente?, perguntei. Vamos morrer? Vão ter que vir salvar a gente de barco?

Sei lá, respondeu Rafa. Não sei nada de neve. Eu estava assustando meu irmão. Ele foi até a janela e deu uma olhada.

Mas e se a neve soterrar a gente?

Não é possível que caia tanta assim.

Como é que você sabe?

Porque 30 centímetros não vão enterrar ninguém, nem mesmo um pentelho como você.

Fui até o terraço e observei a neve começar a cair como cinza peneirada bem fino. Se a gente morrer, Papi vai ficar com peso na consciência, comentei.

Mami virou o rosto para o outro lado e riu.

Caíram 10 centímetros de neve em uma hora, e continuou a nevar.

Embora a nossa mãe tivesse esperado a gente ir dormir, ouvi a porta e acordei Rafa. Ela saiu de novo, avisei.

Está lá fora?

A-hã.

Ele colocou a bota, de cara fechada. Fez uma pausa à porta e, em seguida, olhou para o apartamento vazio. Vamos, disse.

Ela estava parada no final do estacionamento, pronta para atravessar a Westminster. As luminárias do apartamento reluziam no chão congelado, e nossa respiração saía esbranquiçada no ar noturno. Nevava bastante.

Voltem para casa, mandou Mami.

Não arredamos o pé.

Vocês ao menos trancaram a porta da frente?, perguntou.

Rafa balançou a cabeça.

Está frio demais até para os ladrões, comentei.

Mami sorriu e quase escorregou na calçada. Não consigo andar direito nesta vaina.

Eu sim, afirmei. Pode se segurar em mim.

Atravessamos a Westminster. Os carros se moviam na maior lentidão, e o vento uivava forte, carregando um montão de neve.

Até que isso nem é tão ruim assim, eu disse. Esse pessoal devia ver um furacão.

Aonde a gente deve ir?, quis saber Rafa. Pestanejava muito para evitar que a neve entrasse nos olhos.

Vamos andar reto, respondeu Mami. Assim não nos perdemos.

A gente devia marcar o gelo.

Ela nos cingiu. É mais fácil se seguirmos em frente.

Nós fomos até a extremidade do conjunto e observamos o aterro, um morro obscuro e disforme contíguo ao Raritan. Havia focos de incêndio por todo o lixão, como feridas, e os caminhões basculantes e as escavadeiras dormiam silenciosa e reverentemente na base. Cheirava a algo que o rio expelira de seu leito, algo úmido e

156

soerguido. A gente viu as quadras de basquete, a piscina vazia e Parkwood, o conjunto seguinte, todo habitado, cheio de crianças.

E chegamos a contemplar também o oceano, lá do alto da Westminster, como a lâmina de uma faca curva e longa. Mami estava chorando, mas a gente fingiu não notar. Atiramos bolas de neve nos carros, que passavam deslizando, e a certa altura tirei o gorro só para sentir os flocos de neve espalharem-se no meu couro cabeludo rijo e gelado.

Srta. Lora

1

Anos depois você se pergunta: se não tivesse sido pelo seu irmão, será que teria ido adiante? Lembra-se de como os outros caras metiam o pau nela — como era esquálida, sem pechos, sem bunda e magra feito um palito, mas seu irmão não se importava. Eu comeria.

Você comeria qualquer coisa, zombou alguém.

E ele encarara o sujeito. Do jeito como está falando, parece até que isso é ruim.

2

Seu irmão. Falecido agora há um ano, o que leva você, às vezes, a sentir uma dor lancinante, embora ele tenha sido o maior babaca no final. Não partiu na boa, de jeito nenhum. Nos últimos meses, simplesmente tentou fugir o tempo todo. Eles o encontravam tentando pegar um táxi na frente do Beth Israel ou andando na Newark Street com a camisola do hospital. Uma vez passou a conversa numa ex e a convenceu a levá-lo até a Califórnia, mas, assim que saíra de Camden, ele começou a ter convulsões, e a mina ligou para você em pânico. Teria sido um ímpeto atávico de morrer sozinho, longe de vista? Ou será que apenas tentava concretizar algo que sempre tivera vontade de fazer? Por que está agindo assim?, perguntou você, mas ele se limitou a rir. Agindo como?

Naquelas últimas semanas, em que ele finalmente ficou fraco demais para fugir, recusou-se a falar com você e a mãe. Não proferiu uma única palavra, até morrer. Sua mãe não se importou. Ela o amava e continuou a rezar pelo filho e a conversar com ele como se ainda estivesse bem. Mas aquele silêncio obstinado magoou você. A merda dos últimos dias e seu irmão não dizia uma palavra. Você lhe perguntava algo diretamente, Como está se sentindo hoje, e ele virava o rosto. Como se você não merecesse uma resposta. Como se ninguém a merecesse.

3

Você estava naquela idade em que podia se apaixonar por uma garota por causa de uma expressão, de um gesto. Foi o que aconteceu com a sua namorada, Paloma — ela se inclinou para pegar a bolsa, e o seu coração saltou da boca.

Foi o que aconteceu com a Srta. Lora também.

Era 1985. Você tinha 16 anos, na pior e sozinho pra cacete. Também se convencera — tipo total e completamente — de que o mundo ia explodir em pedacinhos. Quase toda noite tinha pesadelos que faziam os do presidente em *A morte nos sonhos* parecerem pinto. Nos seus sonhos as bombas sempre explodiam, fazendo-o evaporar enquanto caminhava, enquanto saboreava asa de galinha, enquanto pegava o ônibus para o colégio, enquanto transava com a Paloma. Aí você acordava mordendo a língua de pavor, o sangue escorrendo pelo queixo.

Alguém realmente devia tê-lo medicado.

Paloma achava sua atitude ridícula. Não queria nem ouvir falar em Destruição Mútua Assegurada, *A agonia do grande planeta Terra*, O bombardeio vai começar em cinco minutos, Acordo SALT II, *O dia seguinte, Catástrofe nuclear, Amanhecer violento, Jogos de guerra*, Gamma World, nada disso. Ela o chamava de Sr. Deprê. E não precisava lidar com mais depressão do que a que tinha de enfrentar. Morava num conjugado, com quatro irmãos mais novos e uma mãe deficiente, e cuidava de todo mundo. Lidava com isso e com as aulas de nível avançado. Não tinha tempo para *nada* e é bem provável que só ficasse com você — ao seu ver — porque se sentia mal pelo que acontecera com o seu irmão. Não era como se vocês passassem muito tempo juntos nem trepassem ou coisa parecida. A única porto-riquenha do planeta que não transava por nada neste mundo. Não posso, dizia. Não posso cometer *nenhum erro*. E por que ir para a cama comigo é um erro, você perguntava, mas ela só balançava a cabeça e tirava sua mão da calça dela. Estava convencida de que, se cometesse *qualquer erro* nos próximos dois anos, *um equívoco sequer*, ficaria empacada com aquela família para sempre. Era o pesadelo dela. Imagine se eu não entrar em nenhuma universidade, comentava. Ainda poderia contar comigo, dizia você, tentando reconfortá-la, mas ela o olhava como se o apocalipse fosse melhor.

Então, você conversava sobre o Iminente Dia do Juízo Final com quem quer que o escutasse — seu professor de história, que alegava estar construindo uma cabana de sobrevivência nas montanhas Poconos; seu amigo, baseado no Panamá (naqueles dias ainda se escreviam cartas); sua vizinha da esquina, a Srta. Lora. Foi assim que vocês dois se aproximaram, no início. Ela ouvia. Melhor ainda, tinha lido *Alas, Babylon* e visto parte de *O Dia Seguinte*, e ambos a deixaram pra lá de monga.

O Dia Seguinte não foi apavorante, você se queixou. E sim um besteirol. Ninguém sobrevive a uma explosão nuclear agachando debaixo de um painel de carro.

Aí ela acrescentou, brincando: Talvez tenha sido um milagre.

Um milagre? Mas que tremenda bobagem. Você tem que ver *Catástrofe Nuclear*. Esse sim é que é sensacional.

Eu provavelmente nem ia aguentar, disse a Srta. Lora. Então, pôs a mão no seu ombro.

As pessoas sempre tocavam em você, que já estava até acostumado. Também era um fisiculturista amador, outro lance que fazia para manter a mente longe das desgraças da sua vida. Devia ter um gene mutante no seu DNA, porque toda aquela musculação o transformara numa maldita aberração circense. Na maior parte do tempo não lhe importava a forma como as minas e às vezes os caras tocavam em você. Mas, no caso da Srta. Lora, você sacou que tinha rolado um clima diferente.

Assim que ela o tocou, você ergueu os olhos de repente e notou como os olhos dela se mostravam grandes no rosto estreito, como os cílios eram longos, como o tom de bronze de uma das íris se destacava mais que o da outra.

4

Claro que você a conhecia; era sua vizinha, dava aula no ensino médio do Sayreville. Mas fora apenas nos últimos meses que ela entrara subitamente em foco. Tinha um montão daquelas coroas solteironas no bairro, destroçadas por todo tipo de catástrofe, mas ela era a única que não tinha filhos, morava sozinha e podia ser considerada meio jovem. Alguma coisa deve ter acontecido, conjecturava sua mãe. Na cabeça dela, só uma calamidade sem tamanho e sem fim justificava uma mulher sem filhos.

Talvez simplesmente não goste de criança.

Ninguém gosta, assegurou-lhe sua mãe. Mas não significa que não se vá tê-las.

A Srta. Lora não tinha nada de mais. Havia umas mil viejas no bairro muito mais tesudas, como a Sra. del Orbe, que seu irmão comeu direto, até o marido dela descobrir e se mudar dali com toda a família. A Srta. Lora era magricela demais. Não tinha quadril. Nem peito, nem bunda e nem cabelos que passassem no teste. Tudo bem que tinha lá os olhões, mas sua fama no bairro vinha mesmo dos músculos. Não que tivesse uns tão imensos quanto os seus — a mina só era sarada pra caralho, cada fibra sobressaindo-se numa definição fora do normal. A coroa fazia o Iggy Pop parecer cheiinho e todo verão provocava o maior rebuliço na piscina. Sempre de biquíni, apesar do corpo reto, a parte de cima esticando-se naqueles peitorais encrespados, e a de baixo moldando o leque ondulado de músculos das ancas. Sempre nadando debaixo d'água, as ondas negras dos cabelos fluindo atrás de si como um cardume de enguias

Sempre se bronzeando (algo que nenhuma das outras mulheres fazia) para chegar ao tom escuro de nogueira laqueada de um sapato velho. Aquela mujer tinha mais era que ficar vestida, queixava-se a mulherada. Parece até um saco plástico cheio de vermes. Mas quem é que conseguia desgrudar os olhos dela? Nem você nem o seu irmão. A garotada perguntava para ela, É halterofilista, Srta. Lora?, e ela meneava a cabeça por trás do livro de capa mole. Sinto muito, gente, simplesmente nasci assim.

Depois que o seu irmão morreu, ela veio até o apê algumas vezes. A Srta. Lora e sua mãe tinham um lugar em comum, La Vega, onde a coroa tinha nascido e sua mãe se recuperara depois de la Guerra Civil. Um ano inteiro vivendo logo atrás da Casa Amarilla tinha transformando a sua mãe en una vegana. Ainda ouço o Río Camú nos meus sonhos, comentou ela. A Srta. Lora anuiu. Vi Juan Bosch uma vez na nossa rua, quando eu era bem pequena. As duas se sentavam e tagarelavam um tempão sobre isso. De vez em quando, a marombeira o parava no estacionamento. Tudo bem com você? E a sua mãe, como vai? E você não sabia o que dizer. Sua língua estava inchada e ferida, de tanto explodir em mil átomos durante o sono.

5

Hoje você chegou depois de correr e a encontrou na entrada, conversando com la Doña. Sua mãe o chama. Cumprimente la profesora.

Estou suado, você reclama.

A sua mãe se enfurece. Com quem pensa que está falando, carajo? Cumprimente, coño, la profesora.

Oi, profesora.

Oi, estudante.

Ela ri e volta a se concentrar na conversa da sua mãe.

Você não sabe por que fica puto de repente.

Eu podia te carregar com a maior facilidade, diz para ela, flexionando o braço.

E a Srta. Lora o olha com um sorrisinho idiota. Do que é que está falando? Eu é que podia *te* carregar.

Ela põe as mãos na sua cintura e finge fazer força.

Sua mãe dá uma risadinha. Mas você saca que ela está observando tanto você quanto a vizinha.

6

Quando sua mãe encostou seu irmão na parede por causa da Sra. del Orbe, ele não negou. O que é que a senhora quer, Mami? Se metío por mis ojos.

Por mis ojos o caramba, dissera ela. Tú te metiste por su culo.

Isso é verdade, admitiu Rafa, animadamente. Y por su boca.

Aí sua mãe deu um soco nele, vulnerável por causa da vergonha e da raiva, que só fez seu irmão rir.

7

É a primeira vez que uma mulher o quer. Então você fica na sua. Deixa o lance rolar nos canais da sua mente. Isso é loucura, diz a si mesmo. E depois, distraidamente, para Paloma. Ela nem presta atenção. Você não sabe direito o que fazer com essa situação, pois não é como seu irmão, que teria ido até lá e enfiado el ripio na Srta. Lora. Embora você saiba, receia estar errado. Teme que ela ria da sua cara.

Então, tenta manter os pensamentos bem longe dela e da visão dos seus biquínis. Supõe que as bombas vão cair antes que tenha oportunidade de fazer qualquer coisa. Mas, como elas não caem, fala da mulher numa conversa com Paloma, numa última tentativa, e conta a ela que la profesora anda atrás de você. Parece muito convincente, essa mentira.

Aquela baranga velha? Que *nojo*.

Nem me fale, você diz num tom desesperado.

Seria como transar com um fiapo, comenta Paloma.

É verdade.

Melhor você não ir para a cama com ela, avisa ela, após uma pausa.

Do que é que você está falando?

Só estou dizendo. Não transe com a velha não. Sabe que vou descobrir. Você não sabe mentir.

Não seja maluca, você diz, fuzilando-a com os olhos. Não vou comer ninguém. Obviamente.

Naquela noite você consegue tocar no clitóris da Paloma com a ponta da língua, mas só isso. Ela empurra sua cabeça para trás com a força da vida inteira, e por fim você desiste, desmoralizado.

Tinha gosto de cerveja, você escreve para seu amigo no Panamá.

Daí acrescenta ao treino uma corrida adicional, esperando esfriar los granos, mas ela não surte efeito. Começa a ter alguns sonhos em que está prestes a tocar em Paloma, mas aí mandam NYC para o além com uma bomba, e você chega a ver a onda de choque se deslocar antes de acordar, a língua presa com firmeza entre os dentes.

Um dia, está voltando do Chicken Holiday com uma refeição de quatro pedaços, já saboreando uma coxa, e lá está ela, saindo do Pathmark, carregando com dificuldade duas sacolas plásticas. Considera a possibilidade de sair em disparada, mas a regra do seu irmão o mantém no lugar. *Nunca fuja.* Uma norma que, no fim das contas, ele aboliu, mas que você, neste momento, seguirá. Então, pergunta, gentilmente: Quer que ajude com essas sacolas, Srta. Lora?

Ela balança a cabeça. É o meu exercício do dia. Vocês dois caminham juntos, em silêncio, e a coroa quer saber: Quando é que vai passar lá em casa para me mostrar aquele filme?

Que filme?

Aquele que você disse que era sensacional. O filme sobre a guerra nuclear.

Se você fosse outro cara, quem sabe teria tido disciplina suficiente para evitar a parada, mas é filho do seu pai e irmão do seu irmão. Dois dias depois, está em casa, o silêncio de matar, o mesmo comercial sobre conserto de rasgões no estofado do carro se repetindo, pelo visto eternamente. Toma um banho, faz a barba, põe a roupa.

Já volto.

Sua mãe dá uma olhada no seu sapato arrumado. Aonde vai?

Sair.

São dez horas, comenta ela, mas você já havia se mandado.

Bate na porta uma, duas vezes, aí a mulher a abre. Está de calça de moletom e uma camiseta da faculdade de Howard, e franze a testa, apreensiva. Parece que os olhos dela ficariam melhor no rosto de uma gigante.

Você nem perde tempo com conversa fiada. Simplesmente avança e a beija. Ela estende o braço e fecha a porta.

Tem camisinha?

Você se preocupa com tudo, desse jeitinho mesmo.

Não, responde ela, e você tenta se controlar, mas goza dentro dela de qualquer forma.

Sinto muito, diz para a coroa.

Tudo bem, sussurra ela, as mãos nas suas costas, evitando que você se afaste. Fique.

8

O apê dela é o lugar mais legal que você já viu e, levando-se em conta a inexistência de excentricidades caribenhas, poderia ser um lugar habitado por uma pessoa branca. Nas paredes há muitas fotos de viagens e dos irmãos, todos aparentemente felizes da vida e certinhos. Então, é a rebelde?, pergunta você, e ela ri. Algo assim.

Também há fotos de uns caras. Alguns você reconhece da época em que era pequeno, mas não faz nenhum comentário.

Ela fica calada, na dela, enquanto prepara um cheeseburger para você. Na verdade, odeio a minha família, revela, amassando a carne com a espátula até a gordura começar a estalar.

Você se pergunta se a Srta. Lora sente o mesmo que você. Se ela acha que pode ser amor. Você põe *Catástrofe Nuclear* para que veja. Se prepare para ver um filme sensacional, avisa-lhe.

Se prepare para eu me esconder, ressalta ela, mas vocês dois só ficam uma hora assistindo ao filme antes dela estender a mão, tirar os seus óculos e beijá-lo. Desta vez você fica esperto e tenta resistir aos avanços da Srta. Lora.

Não posso, diz para a coroa.

E logo antes de meter su ripio na boca, ela pergunta: Não mesmo?

Você tenta pensar em Paloma, tão exausta que pega no sono todas as manhãs, a caminho da escola. Paloma, que ainda encontrava energia para ajudá-lo a estudar para o seu exame de admissão na faculdade. Paloma, que não dava para você por ter verdadeiro pavor da ideia de que, se engravidasse, não abortaria por amá-lo e, então, poria a própria vida a perder. Você está se esforçando para pensar nela, mas segura os cabelos da Srta. Lora como se fossem rédeas, implorando que mantenha o ritmo fantástico.

É mesmo gostosa pra cacete, você comenta, depois de gozar.

Puxa, obrigada. Ela faz um gesto com a cabeça. Quer ir até o quarto?

Mais fotos ainda. Nenhuma delas vai sobreviver à explosão nuclear, você tem certeza disso. Nem mesmo este quarto, cuja janela fica de frente para Nova York. Você diz isso para ela. Bom, então, melhor a gente aproveitar enquanto pode, comenta a coroa. Aí tira a roupa como uma profissa e, assim que você começa, ela fecha os olhos e começa a rolar a cabeça como se estivesse com a junta quebrada. Agarra os seus ombros com as unhas, com a maior força, e você sabe que, depois, vai parecer que levou umas chicotadas nas costas.

Em seguida, ela beija o seu queixo.

9

Tanto seu pai quanto seu irmão eram sucios. Porra, o seu pai o levava junto quando ia transar com as minas, deixava você no carro enquanto entrava nos apês para fazer sexo com as namoradas. Seu irmão não ficava atrás, e comia as gatas na cama perto da sua. Sucios da pior laia, e agora é oficial: você virou um também. Você até esperava que o gene não tivesse chegado a você, que houvesse pulado uma geração, mas é óbvio que estava apenas se enganando. O que está no sangue sempre aparece, você diz a Paloma a caminho do colégio, no dia seguinte. Yunior, ela remexe em meio ao cochilo, Eu não tenho tempo para a sua piração, está legal?

10

Você imagina que pode considerar a parada um encontro casual. Mas, no dia seguinte, volta direto para lá. Fica sentado lugubremente na cozinha da Srta. Lora enquanto ela lhe prepara outro cheeseburguer.

Você está bem?, pergunta a mulher.

Não sei.

É para ser divertido.

Eu tenho uma namorada.

Você me contou, lembra?

Ela põe o prato no seu colo e lhe lança um olhar crítico. Sabe, você se parece com o seu irmão. As pessoas devem dizer isso o tempo todo.

Algumas.

Incrível como Rafa era gato. E sabia disso. Parecia que nunca tinha ouvido falar em camisa.

Desta vez, você nem faz a pergunta sobre a camisinha. Simplesmente a penetra. Fica surpreso com a raiva que sente. Mas ela beija seu rosto tantas vezes que o comove. Ninguém tinha feito aquilo antes. As garotas que você traçava sempre ficavam com vergonha depois. E havia o eterno pânico. Alguém ouviu. Ajeita a cama. Abra as janelas. Só que na casa da Srta. Lora não tem nada disso.

Depois, ela se senta, o peito tão despojado quanto o seu. E aí, o que mais você quer comer?

11

Você tenta ser razoável. Procura se controlar, ficar na boa. Mas vai para o apartamento dela todo maldito dia. Na única vez em que se esforça para não ir, volta atrás, sai do seu apê às três da madruga e bate furtivamente na porta dela, até ela abri-la. Você sabe que eu trabalho, né? Sei sim, mas sonhei que acontecia um lance com você. Bacana da sua parte mentir, salienta a Srta. Lora, suspirando e, embora estivesse caindo de sono, deixa-o comer sua bunda. Incrível, você fica dizendo durante todos os quatro segundos que leva para gozar. Precisa puxar o meu cabelo durante a transa, pede ela. O que o faz ejacular feito um foguete.

Devia ser uma situação incrível, mas por que, então, os seus sonhos pioraram? Por que é que tem mais sangue na pia de manhã?

Você fica a par de muitos detalhes da vida dela. Ela viera com o pai dominicano, médico, que perdera a cabeça. A mãe os deixara por causa de um garçom italiano, fugira para Roma, o que fora a gota d'água para o velho. Sempre ameaçava se matar e, pelo menos uma vez por dia, a Srta. Lora precisava lhe implorar que não o fizesse, o que a deixara ferrada, mas não de todo. Quando era mais nova, ela havia sido ginasta, e, ao que tudo indica, poderia até ter feito parte da equipe olímpica, mas aí o técnico roubou a grana e a RD teve de cancelar a participação naquele ano. Não estou dizendo que eu teria ganhado, comenta ela, mas poderia ter realizado alguma coisa. Depois dessa parada ela cresceu 30 centímetros, e acabou tendo que largar a ginástica. Então o pai da Srta.

Lora conseguiu um emprego em Ann Arbor, Michigan, e ela e os três irmãos menores foram junto. Após seis meses o pai levou todos para morar com uma viúva gorda, una blanca asquerosa, que odiava a Srta. Lora. Ela não tinha amigos no colégio e, no nono ano, dormiu com o professor de história do ensino médio. Acabou indo morar na casa dele. A ex-esposa do sujeito também dava aula no colégio. Dá para imaginar como deve ter sido. Assim que se formou, a Srta. Lora fugiu com um negro tranquilo até uma base em Ramstein, na Alemanha, mas a relação não deu certo. Até agora acho que ele era gay, afirma a coroa. Ela foi morar com uma amiga que tinha um apartamento no London Terrace, namorou uns caras, entre eles um dos companheiros do seu ex, da Força Aérea, que a visitavam durante as licenças, um moreno muito gente boa. Quando a amiga se casou e foi embora, a Srta. Lora continuou no apartamento e começou a dar aulas. Fez um esforço consciente para não se mudar mais. Era uma vida bacana, ressalta ela, mostrando-lhe as fotos. Quando se leva tudo em consideração.

A Srta. Lora sempre o estimula a falar sobre o seu irmão. Vai ajudar, alega.

O que mais resta a dizer? Ele teve câncer, morreu.

Bom, já é um começo.

Do colégio em que dá aula, ela traz prospectos de universidades. Entrega-os com metade do formulário preenchido. Você tem que sair daqui.

Pra onde?, você pergunta.

Para qualquer lugar. Para o Alasca, se for o caso.

A Srta. Lora dorme com um protetor bucal. E cobre os olhos com uma máscara.

Se você tiver que ir embora, espere até eu dormir, está bom? Mas, depois de algumas semanas, o pedido virou Por favor, não vá. E então apenas: Fica.

E é o que você faz. No amanhecer você se manda do apê dela e entra no seu, pela janela do porão. A sua mãe não faz a menor ideia. Nos velhos tempos, sacava tudo o que acontecia. Tinha aquele radar campesino. Agora está em outro lugar. Sua dor e o cultivo dela tomam todo o seu tempo.

Você morre de medo do que está aprontando, mas também acha excitante, pois se sente menos só no mundo. Tem 16 anos e sente que, agora que ligara o Motor da Transa, nenhuma força terrestre o faria parar.

Aí o seu abuelo pega algo na RD, e a sua mãe tem que ir até lá. Você vai ficar bem, comenta la Doña. A Srta. Lora diz que cuidará de você.

Sei cozinhar, Mami.

Não sabe não. E não traga aquela garota porto-rique-nha para cá. Entendeu bem?

Você assente. Leva, em vez dela, a mulher dominicana.

Ela dá um gritinho de alegria quando vê os sofás cobertos de plástico e as colheres de pau penduradas na parede. Você admite se sentir meio mal por causa da sua mãe.

Claro que vocês vão parar lá embaixo, no porão, onde os pertences do seu irmão continuam à mostra. Ela vai direto até as luvas de boxe dele.

Por favor, larga isso.

Ela as leva até o rosto e as cheira.

Você não consegue relaxar. Jura que ouve sua mãe ou Paloma à porta. O que o leva a parar a cada cinco minutos.

É desconcertante acordar na sua própria cama com ela. A Srta. Lora faz café e ovos mexidos e não escuta a estação WADO, mas a Morning Zoo, e ri de tudo. É estranho demais. Paloma liga para saber se você vai para o colégio e a Srta. Lora fica perambulando por ali de camiseta, com o bumbum achatado e magricelo à vista.

12

Aí, no seu último ano do ensino médio, ela arruma um emprego no seu colégio. Claro. Dizer que é estranho es poco. Você a vê nos corredores e seu coração dispara. É a sua vizinha?, pergunta Paloma. Caramba, ela está te olhando. Que velha safada. No colégio, são as hispânicas que infernizam a vida da Srta. Lora. Gozam do sotaque, das roupas, do corpo dela. (Começam a chamá-la de Srta. Pat — a personagem andrógina do Saturday Night Live.) A Srta. Lora nunca reclama — É um trabalho ótimo, comenta —, mas você vê a estupidez em primeira mão. Mas os comentários só partem mesmo das garotas hispânicas. As brancas são loucas por ela, que se encarrega da equipe de ginástica olímpica e leva as garotas a shows de dança para que se inspirem. E, dali a pouco, todas começam a ganhar. Um dia, do lado de fora do colégio, encorajada pelas ginastas, a Srta. Lora dá um salto com as mãos para trás que o deixa espantado por causa da perfeição. É a coisa mais linda que você já viu. Claro que o Sr. Everson, o professor de ciências, se apaixona por ela. Sempre está morrendo de amores por alguém. Por um tempo tinha sido

Paloma, até a garota ameaçar denunciá-lo. Aí você começa a ver o Sr. Everson e a Srta. Lora rindo pelos corredores, almoçando juntos na sala dos professores.

Paloma não para de sacanear. Dizem que o Sr. Everson adora pôr vestidos. Será que é ela que fecha os zíperes para ele?

Vocês meninas são malucas.

Ela com certeza deve fechar.

Tudo isso o deixa bastante tenso. Mas torna o sexo muito melhor.

Algumas vezes você vê o carro do Sr. Everson estacionado na frente do apê dela. Pelo visto o profe está no pedaço, comenta um dos seus manos, rindo. Você sente até fraqueza, de tanta raiva. Pensa em arrebentar o carro dele. Em ir bater na porta. Em milhares de lances. Mas fica em casa levantando peso até ele dar o fora. Quando a Srta. Lora abre a porta, você entra puto da vida, sem dizer uma só palavra. O lugar cheira a cigarro.

Você está fedendo, diz para ela.

Aí entra no quarto dela, e a cama está forrada.

Ay mi pobre, comenta a Srta. Lora, rindo. No seas celoso.

Mas é óbvio que você está com ciúme.

13

Você se forma em junho, e ela está lá com a sua mãe, batendo palmas. Usa um vestido vermelho, porque uma vez você tinha comentado que era sua cor predileta e, por baixo, roupa íntima da mesma cor. Depois a Srta. Lora leva vocês dois de carro até Perth Amboy, para jantarem comida mexicana. Paloma não vem junto porque a mãe dela está doente. Mas você se encontra com ela depois, ainda naquela noite, na frente do apê dela.

Consegui!, exclama Paloma, eufórica.

Estou orgulhoso de você, diz a ela. Aí acrescenta, de um jeito pouco característico: Você é uma garota extraordinária.

Naquele verão, Paloma e você se veem talvez duas vezes — sem ficar. Ela já está longe. Em agosto, vai para a Universidade de Delaware. Você não se surpreende quando, depois de uma semana no campus, ela lhe manda uma carta com o título SEGUINDO ADIANTE. Nem se dá ao trabalho de terminar. Pensa em percorrer toda a distância de carro até lá para conversar com ela, mas se dá conta de que não vai fazer diferença. Como esperado, Paloma nunca volta.

Você fica no bairro. Consegue um emprego na Raritan River Steel. No início tem que lutar contra os caipiras da Pensilvânia, mas depois se impõe e eles o deixam em paz. À noite vai para os bares com alguns dos outros manés que continuaram no pedaço, fica chapadaço e aparece na porta da Srta. Lora querendo transar. Ela continua a insistir na questão da universidade, chega a se oferecer para pagar a taxa de inscrição, mas você não está a fim e diz, Agora não. A própria Srta. Lora está estudando à noite na Montclair. Pensa em fazer doutorado. Aí você vai ter que me chamar de doutora.

De vez em quando vocês se encontram em Perth Amboy, onde ninguém os conhece. Jantam como pessoas normais. Você parece jovem demais para a Srta. Lora e se sente mal à beça quando a coroa o toca em público, mas o que é que pode fazer? Ela adora quando saem juntos. Você sabe que não vai durar, diz para a Srta. Lora, que concorda. Só quero o que é melhor para você. Até que você tenta conhecer outras minas, dizendo a si mesmo que elas vão ajudá-lo na transição, mas nunca conhece ninguém de quem goste pra valer.

Às vezes, quando sai do apartamento dela, vai até o aterro em que você e o seu irmão brincavam quando pequenos e se senta num dos balanços. Foi ali que o Sr. del Orbe ameaçou atirar na virilha do Rafa. Pode mandar ver, disse o meu irmão, aí o Yunior aqui vai dar um tiro na *sua* boceta. Atrás de você, a distância, o zum-zum de Nova York. O mundo, você diz a si mesmo, nunca vai acabar.

14

Você leva um tempão para superar a relação. Para se acostumar com uma vida sem um Segredo. Mesmo depois que o caso ficou para trás e você a bloqueou por completo, ainda receia ter uma recaída e voltar para ela. Na universidade Rutgers, aonde finalmente foi parar, vira o maior pegador e, toda vez que não dá certo, fica achando que tem dificuldade de se relacionar com garotas da sua idade. Por causa dela.

Você com certeza nunca conversa sobre esse assunto. Até o último ano, quando conhece o mujerón dos seus sonhos, a mina que deixa o namorado moreno para ficar com você e que expulsa todas as outras coelhinhas da toca. É nela que você por fim confia. E para quem acaba contando.

Aquela vadia pirada devia ser presa.

Não foi assim.

Devia ser presa hoje mesmo.

Você se sente bem por poder desabafar com alguém. No fundo, achou que seu mujerón ia odiá-lo — que todas o fariam.

Eu não te odeio. Tú eres mi hombre, diz a mina, orgulhosa.

Quando vocês dois vão visitar sua mãe, a mulher traz o assunto à tona. Doña, es verdad que tu hijo taba rapando una vieja?

Mami balança a cabeça, com desgosto. Ele é igualzinho ao pai e ao irmão.

Homens dominicanos, né, Doña?

Esses três são piores que o resto.

Depois, sua namorada o faz passar caminhando na frente do apê da Srta. Lora. A luz está acesa.

Vou ter uma conversinha com ela, diz o mujerón.

Não. Por favor.

Vou sim.

Ela bate na porta.

Negra, por favor, não.

Abre a porta! grita o mujerón.

Ninguém aparece.

Você fica sem falar com ela durante algumas semanas depois disso. É um dos seus grandes rompimentos. Aí vocês dois se encontram num show do Tribe Called Quest, ela o vê dançando com outra mulher, acena para você e pronto. Você vai até o lugar em que o mujerón está sentado com as amigas barras-pesadas. Ela raspou a cabeça de novo.

Negra, diz você.

Ela o leva até um canto. Foi mal, sei que passei dos limites. Eu só queria te proteger.

Você balança a cabeça. Ela se mete entre seus braços.

15

Graduação: você não fica surpreso por vê-la ali. O que o surpreende é não ter previsto a possibilidade. Instantes antes de entrar na fila com o mujerón, você a vê de pé, sozinha, de vestido vermelho. A Srta. Lora finalmente começara a engordar, o que lhe caiu bem. Depois, você a vê caminhando, solitária, no gramado de Old Queens, com um capelo que pegara. Mami também ficara com um. E o pendurara na parede.

No fim das contas, a Srta. Lora se muda do London Terrace. Os preços estão aumentando. Os bengaleses e os paquistaneses estão chegando. Após alguns anos, sua mãe também sai de lá e vai para a Bergenline.

Tempos depois, quando o namoro com o mujerón acaba, você digita o nome dela no computador, mas ela nunca aparece. Numa ida à RD, dirige até La Vega e a procura por lá. Sempre mostrando uma foto, como um detetive particular. É de vocês dois, daquela única vez em que foram até a praia, em Sandy Hook. Ambos estão sorrindo. Ambos piscaram bem na hora.

Guia Amoroso do Traidor

Ano 0

A sua mina te pega traindo. (Bom, na verdade, é a sua noiva, mas, saca só, em breve, não vai fazer a *menor* diferença.) Ela poderia ter te pegado com uma sucia, poderia ter te pegado até com duas, mas, como você é um cuero pra lá de otário, que nunca esvaziava o lixo eletrônico do e-mail, a gata o pegou com cinquenta! Claro que num período de seis anos, mas, ainda assim. Cinquenta mulheres, porra? *Caralho*. Talvez se estivesse noivo de uma blanquita de mente aberta você teria conseguido ultrapassar essa fase — acontece que não está noivo de uma blanquita de mente aberta. A sua mina é uma salcedeña durona que acredita em zero *abertura*; por sinal, a única coisa que ela jurou que nunca perdoaria era *traição*. Meto un machete em você, prometeu. E você, obviamente, jurou que não trairia. Jurou que não trairia. Jurou que não trairia.

E traiu.

Ela ainda ficará no pedaço por alguns meses, porque vocês namoraram um tempão, porque enfrentaram muita coisa juntos — sua própria instabilidade no emprego, a morte do pai dela, o exame para a ordem dos advogados (ela passou na terceira tentativa) — e porque ninguém consegue se livrar facilmente do amor, do verdadeiro amor. Durante um angustiante período de seis meses, vocês irão à RD, ao México (para o enterro de um amigo) e à Nova Zelândia. Caminharão na praia em que filmaram *O Piano*, algo que ela sempre quisera fazer e que você, agora, em meio ao desespero penitente, permite que aconteça. Na praia, a gata se mostra supertriste e anda de um lado para o outro da areia brilhosa sozinha, os pés descalços na água congelante; então, quando você tenta abraçá-la, ela diz, *Não*. A mina fita os rochedos destacando-se no mar, os cabelos esvoaçando para trás. No caminho de volta para o hotel, subindo pela estrada íngreme e silvestre, ela não fala nada. Mais tarde, no quarto, vai chorar.

Você tenta usar todas as artimanhas possíveis para ficar com ela. Escreve cartas. Leva-a para o trabalho de carro. Cita Neruda. Escreve um mega e-mail repudiando todas as suas sucias. Bloqueia os e-mails delas. Muda seu número de telefone. Para de beber. Para de fumar. Argumenta que é viciado em sexo e começa a frequentar as reuniões. Culpa o seu pai. Culpa a sua mãe. Culpa o patriarcado. Culpa Santo Domingo. Acha um analista. Cancela seu Facebook. Dá a senha de todas as suas contas de correio eletrônico para ela. Começa a ter aula de salsa, como sempre jurou que faria, para que vocês dois dancem juntos. Alega que estava doente, alega que havia sido fraco — Foi o livro! A pressão! — e, de hora em hora, como um relógio, diz que sente muito. Tenta de tudo, mas, um belo dia, a gata simplesmente se sentará na cama e dirá, *Chega*, e *Ya*, você vai ter que se mudar do apê no Harlem que compartilhava com ela. Você pensa até em fincar o pé. Em ocupar ilegalmente o lugar. E chega a afirmar que não vai. Mas, no fim das contas, é o que faz.

Por um tempo, perambula pela cidade, como um jogador de beisebol insignificante, sonhando com uma convocação. Telefona para ela todos os dias e deixa mensagens, mas a mina não atende. Escreve longas cartas sentimentais, que são devolvidas fechadas. Passa pelo apê nuns horários fora do comum e também pelo trabalho dela na cidade, até, por fim, a irmãzinha da garota te ligar, aquela que sempre ficara do teu lado, e deixar claro: Se tentar entrar em contato com a minha irmã de novo, ela vai solicitar uma ordem restritiva para que você fique longe.

Para muito nego isso não significaria nada.

Mas você não é desse tipo de nego.

Então, para. Se muda para Boston. E nunca mais a vê.

Ano I

No início, você finge que não importa. Ficou magoado pacas com ela, de qualquer forma. Ficou sim! Não fazia boquete bem, tinha uma penugem na maçã do rosto de que você não gostava, nunca depilava a virilha, nunca limpava o apê etc. Durante algumas semanas, você quase acredita nisso. Claro que volta a fumar, a beber, larga o analista, as reuniões dos viciados em sexo e circula com as vadias como se tivesse voltado aos velhos tempos, como se nada houvesse acontecido.

Voltei, diz para os seus parceiros.

Elvis ri. É quase como se você nunca tivesse ido.

Você fica bem por tipo uma semana. Aí seu estado de ânimo se torna instável. Num momento tem que lutar para não entrar no carro e ir vê-la, no outro, está ligando para uma sucia e dizendo, Sempre quis você. Começa a perder as estribeiras com os amigos, com os alunos, com os colegas. Chora toda vez que ouve Monchy y Alexandra, a dupla favorita dela.

Boston, onde você nunca quis morar, onde se sente exilado, começa a se tornar um problema sério. Você tem dificuldade de se adaptar por completo aos trens que param de circular à meia-noite, ao jeitão carrancudo dos habitantes, à surpreendente inexistência de comida de Sichuan. Quase como se tivessem esperado o momento certo, muitos lances racistas começam a acontecer. Talvez sempre tivessem ocorrido, talvez você tivesse se tornado mais sensível depois de ter passado tanto tempo na cidade de NY. Brancos param no sinal e gritam para você com uma fúria medonha, como se você tivesse acabado de atropelar as mães deles. É assustador pra cacete. Antes mesmo que você consiga entender o que está acontecendo, eles mostram o dedo médio e arrancam. Acontece repetidas vezes. Os seguranças o seguem nas lojas e, assim que você põe os pés em alguma propriedade de Harvard, pedem identificação. Três vezes uns brancos bêbados tentaram puxar briga com você, em diferentes partes da cidade.

Você leva muito para o lado pessoal. Espero que alguém jogue a porra de uma *bomba* nesta cidade, vocifera. É por isso que a galera de cor não quer viver aqui. Que os meus alunos negros e latinos vão embora assim que podem.

Elvis fica calado. Nasceu e cresceu no bairro de Jamaica Plain, sabe que tentar impedir que se diga que Boston não é legal seria o mesmo que bloquear uma bala de revólver com uma fatia de pão. Tudo beleza?, pergunta ele, finalmente.

Tudo beleza, você responde. Mejor que nunca.

Acontece que não está. Perdeu todos os amigos em comum que tinha com a mina em NYC (eles ficaram do lado dela), sua mãe parou de falar com você depois do que aconteceu (gostava mais da noiva que do filho) e você se sente a um só tempo terrivelmente culpado e terrivelmente só. Continua escrevendo cartas para a gata, aguardando o dia em que poderá entregá-las. E também continua a transar com tudo o que se move. No Dia de Ação de Graças acaba ficando no próprio apê, porque não consegue encarar a mãe, e a ideia de contar com a caridade das outras pessoas o tira do sério. A ex, como você a chama agora, sempre cozinhava: peru, frango, pernil. Reservava todas as asas para você. Nessa noite, você enche a cara até entrar num estado de estupor, depois leva dois dias para se recuperar.

Conclui que já chegou ao fundo do poço. Conclui errado. Durante as finais entra em depressão, tão profunda que você até duvida de que exista um nome para ela. Tem a sensação de estar sendo estraçalhado aos poucos com uma torquês, átomo após átomo.

Para de ir à academia e de sair para beber, para de fazer a barba e de lavar a roupa, para, na verdade, de fazer quase tudo. Seus amigos começam a se preocupar com você, e nem são do tipo que esquenta a cabeça. Estou bem, diz a eles, mas, a cada semana que passa, a depressão aumenta. Você tenta descrevê-la. É como se alguém tivesse lançado um avião na sua alma. Como se alguém tivesse lançado dois aviões na sua alma. Elvis vem para passar o shivá com você no apê, dá uns tapinhas no seu ombro, aconselha-o a ir com calma. Quatro anos antes, o Humvee em que estava explodira numa estrada fora de Bagdá. Ele ficara preso nas ferragens em chamas pelo que pareceu uma semana; então o cara entende um pouquinho de dor. As costas, o traseiro e o braço direito dele estão tão desfigurados que até você, Sr. Durão, não consegue olhar para eles. Respira fundo, aconselha ele. Você respira sem parar, como um maratonista, mas não faz diferença. Suas cartinhas se tornam cada vez mais patéticas. *Por favor*, escreve. *Por favor, volta*. Você sonha que está conversando com ela como nos velhos tempos — naquele doce espanhol de Cibao, sem sinal de raiva nem de decepção. Daí, você acorda.

Já não dorme mais e, uma noite, quando está bêbado e sozinho, sente uma vontade insana de abrir a janela do seu apê no quinto andar e pular lá embaixo. Se não fosse por algumas paradas, provavelmente teria ido adiante. Mas (a) não é do tipo que se mata; (b) seu mano Elvis fica de olho em você, direto — vai até lá o tempo todo, fica parado à janela como se sacasse o que passa pela sua cabeça. E (c) você tem a ridícula esperança de que um dia a ex te perdoará.

Mas ela não o faz.

Ano 2

Você mal consegue aguentar o tranco nos dois semestres. Sem dúvida foi um longo período de piração, até a loucura finalmente começar a aplacar. É como acordar da pior febre da sua vida. Você não é mais como antes (Ha-ha!), mas pode ficar perto das janelas sem ser tomado por impulsos estranhos, o que já é um começo. Infelizmente, engordou 20 quilos. Não sabe como aconteceu, mas aconteceu. Só tem uma calça jeans que serve, e nenhum dos ternos. Joga fora todas as antigas fotos dela, diz adeus aos seus traços de Mulher Maravilha. Vai até o barbeiro, raspa a cabeça pela primeira vez em séculos e tira a barba.

Terminou?, pergunta Elvis.

Terminou.

Uma vovó branca grita algo para você num sinal, e você fecha os olhos até ela ir embora.

Procure outra mulher, aconselha Elvis. Ele está segurando a filha com delicadeza. Clavo saca clavo.

Não saca porra nenhuma, diz você. Ninguém vai ser como ela.

Está bom. Mas procure outra assim mesmo.

A filha dele tinha nascido naquele mês de fevereiro. Se tivesse sido menino, o Elvis ia chamá-lo de Iraque, contou-lhe a esposa dele.

Tenho certeza de que ele estava brincando.

Ela olhou na direção do marido, que mexia na camionete. Eu não acho não.

Elvis pôs a filha nos seus braços. Encontre uma dominicana legal, aconselha.

Você segura a neném com insegurança. Sua ex nunca quis filhos, mas, já no final da relação, convenceu-o a fazer um teste de esperma, caso ela resolvesse mudar de ideia no último minuto. Você dá um sopro na barriga da bebê. E elas existem?

Namorou uma, não namorou?

Pode crer.

VOCÊ PÕE A cabeça no lugar. Deixa de procurar todas as velhas sucias, até mesmo a iraniana de longa data com quem transou durante todo o tempo em que esteve com a noiva. Está a fim de mudar de vida. Leva um tempo — afinal de contas, as antigas vadias são o hábito mais difícil de deixar —, mas, finalmente, deixa-as de lado e, quando o faz, sente-se mais leve. Eu deveria ter feito isso há muito tempo, declara, e sua amiga Arlenny, que nunca se envolvera com você (Graças a Deus, sussurra ela), revira os olhos. Você espera, o quê, uma semana para a energia negativa ir embora e, então, começa a marcar encontros. Como um cara normal, diz a Elvis. Sem mentiras. Seu amigo não faz nenhum comentário, só sorri.

No início, tudo bem: você consegue uns números de telefone, porém nenhuma gata que quisesse apresentar à família. Mas, depois da torrente inicial, vem a estiagem. Não é simplesmente um período de seca, não, é um maldito Arrakeen. Você sai o tempo todo, só que ninguém parece morder a isca. Nem mesmo as minas que juram *adorar latinos*; uma mulher, para quem você diz que é dominicano, chega a dizer Nem pensar e vai embora rapidinho. Que porra é essa?, você questiona, começando a se perguntar se existe alguma marca secreta na sua testa. Se algumas dessas piranhas *sabem*.

Tenha paciência, recomenda Elvis. Ele está trabalhando para um senhorio do gueto e começa a levar você junto no dia da cobrança. Só que você se torna um ótimo apoio. Basta os caloteiros darem uma espiada no seu olhar ameaçador e pouco convidativo que quitam as dívidas rapidinho.

Passa um mês, depois se vão dois e três, e, então, um pouco de esperança. Seu nome é Noemi, uma dominicana de Baní — parece que em Massachusetts toda a galera da RD vem de lá —, e se conhecem no Sofia's nos últimos meses antes de ele fechar, ferrando a comunidade latina da Nova Inglaterra para sempre. Ela não chega aos pés da sua ex, mas até que não é má. Como é enfermeira, quando Elvis se queixa das costas, começa a enumerar todas as paradas que podem estar ocorrendo. É grandalhona, com uma pele inacreditável e o melhor é que no es nada creída; na verdade, parece muito *gente boa*. Sorri muito e, sempre que está nervosa, fala, Me diz uma coisa. Desvantagens: trabalha o tempo todo e tem um filho de 4 anos, chamado Justin. Ela lhe mostra as fotos; pelo visto o garoto vai virar cantor e lançar álbuns, se ela não tomar cuidado. A mina o teve com um banilejo, que tinha outros quatro filhos com outras quatro mulheres. E por que motivo mesmo achou que daria certo com esse cara?, você pergunta. Fui uma idiota, admite ela. Onde é que conheceu o sujeito? No mesmo lugar que te conheci, responde. Na night.

Normalmente, essa seria uma zona proibida, mas Noemi não só é gente boa, mas também sexy. Uma dessas mães boazudas, e ela o excita pela primeira vez em mais de um ano. Só de ficar ao lado dela, enquanto a garçonete pega os cardápios, você tem uma ereção.

Domingo é o único dia de folga dela — quando o Pai de Cinco-Filhos cuida do Justin ou, melhor dizendo, ele e a nova namorada ficam com o garoto. Você e Noemi caem numa rotinazinha: no sábado você a leva para jantar — ela não come nada fora do normal, então é sempre comida italiana — aí a gata fica para dormir.

E aquele toto era gostoso?, pergunta Elvis, depois da primeira noitada.

Nem um pouco, porque ela não deu pra mim! Três sábados seguidos que ela passa a noite, e três sábados seguidos sin ningún éxito. Uns beijinhos, uns amassos, mas nada além disso. A gata traz o próprio travesseiro, um daqueles de espuma caros, e a própria escova de dentes e leva tudo de volta no domingo de manhã. Beija-o perto da porta, antes de se mandar; você acha tudo casto demais, tudo pouco promissor.

Nada de toto? Elvis parece meio chocado.

Nada de toto, você confirma. Onde é que estou, no sexto ano do fundamental?

Você sabe que precisa ser paciente. Que ela só o está testando. A mina na certa teve um monte de experiências ruins com os que atacavam e batiam em retirada. Um exemplo típico — o pai do Justin. Você fica bolado por ela ter dado para um mané sem trabalho, nem instrução, nem nada, para depois fazer você passar por círculos de fogo. Na verdade, fica furioso.

A gente vai se ver?, ela quer saber na quarta semana, e você quase diz que sim, mas aí sua babaquice vence.

Depende, responde.

194

Do quê? A mina levanta a guarda no mesmo instante, o que o irrita ainda mais. Onde é que estava toda aquela prevenção quando ela deixou que o banijelo transasse sem camisinha?

Depende se planeja dar pra mim em breve.

Ah, quanta classe. Você saca assim que acaba de falar que acabou de se ferrar.

Noemi fica calada. Aí diz: Melhor eu desligar, antes de falar umas coisas que você não vai curtir.

Esta é a sua última chance, mas, em vez de implorar por perdão, solta: *Tudo bem.*

Dali a uma hora a gata já o tinha tirado do Facebook. Você manda uma mensagem de texto exploratória, mas nunca recebe resposta.

Anos depois, acabará avistando-a em Dudley Square, mas ela fingirá não o reconhecer, e você, por sua vez, não forçará a barra.

Mandou bem, hein, comenta Elvis. Bravo!

Vocês dois observam a filha dele brincar no play perto do Columbia Terrace. Ele tenta reconfortá-lo: A mina tinha um filho. Na certa não seria uma boa pra você.

Provavelmente não.

Mas até esses pequenos rompimentos são péssimos, porque o levam a pensar de novo na ex. E a entrar em depressão. Desta vez passa seis meses pra baixo antes de voltar ao mundo.

Depois que se recompõe, diz para Elvis: Acho que preciso dar um tempo em relação à mulherada.

E o que é que vai fazer?

Vou me concentrar em mim mesmo por um tempo.

É uma boa ideia, comenta a esposa dele. Até porque a paixão só ocorre quando a pessoa não está procurando por ela.

É o que todo mundo diz. Mais fácil dizer isso do que Que merda essa parada.

Que merda essa parada, diz Elvis. Faz alguma diferença?

Na verdade, não.

No caminho de volta para casa, um Jeep passa a toda a velocidade; o motorista o xinga de *maldito cabeça de turbante*. Uma das ex-sucias publica um poema sobre você na internet. Chama-se "El Puto".

Ano 3

Você dá mesmo um tempo. Tenta voltar ao seu trabalho, à sua escrita. Começa três romances: um sobre um pelotero, outro sobre um narco, um terceiro sobre um bachatero — todos péssimos. Encara as aulas com seriedade e passa a correr, para cuidar da saúde. Você corria antes e conclui que precisa de algo que o mantenha longe da própria mente. Devia estar precisando muito, porque, assim que entra no ritmo, começa a correr quatro, cinco, seis vezes por semana. É o seu novo vício. Faz jogging de manhã e tarde da noite, quando não tem ninguém nas trilhas perto do rio Charles. Corre tanto que às vezes parece até que vai ter um piripaque. Quando chega o inverno você receia sair de circulação — os invernos de Boston chegam à esfera do terrorismo —, mas, como precisa da atividade mais que de qualquer outra coisa, continua correndo mesmo na época em que as árvores ficam desfolhadas, as trilhas vazias e o frio congela seus ossos. Em breve, só restam você e alguns lunáticos. Seu corpo muda, claro. Perde toda aquela gordura da bebida e do fumo, e suas pernas parecem pertencer a outra pessoa. Sempre que pensa na ex, sempre que a solidão soergue em seu âmago como um continente turbulento, ardendo em chamas, você amarra os tênis e vai até as trilhas, o que ajuda, ajuda à beça.

Já no final do inverno passou a conhecer todos os corredores da matina, e entre eles uma garota que o deixa até meio esperançoso. Vocês se cruzam algumas vezes por semana, é um prazer ficar observando-a, uma gazela, na verdade — que autocontrole, que ritmo, que puta cuerpazo! Tem traços latinos, mas, como o seu radar anda desligado há algum tempo, ela podia muito bem ser simplesmente uma morena. Sempre lhe sorri quando passa. Você considera a possibilidade de se estabacar na frente dela — Minha perna! Minha perna! —, mas isso parece por demás cursí. Fica torcendo para deparar com ela na cidade.

A corrida está indo às mil maravilhas, só que, depois de seis meses, você começa a sentir uma dor no pé direito. No peito dele, um ardor que não vai embora nem mesmo após uns dias de descanso. Dali a pouco você começa a mancar até mesmo quando não está correndo. Vai para uma emergência, o enfermeiro aperta com o polegar, observa-o se contorcer de dor e anuncia que está com fascite plantar.

Você nem faz ideia de que porra é essa. Quando é que eu posso voltar a correr?

Ele lhe dá um folheto. Pode levar um mês, talvez seis, às vezes até um ano. O sujeito faz uma pausa. Em alguns casos, mais tempo ainda.

Você fica tão triste que vai para casa e se deita na cama, no escuro. Está com medo. Não quero voltar para o fundo do poço, revela para Elvis. Então, não volte. Mas, teimoso do jeito que é, você continua a tentar correr, só que a dor aumenta. Por fim, desiste. Guarda os tênis. Dorme até mais tarde. Sempre que vê outras pessoas nas trilhas vira o rosto. Quando dá por si, está chorando na frente de lojas de artigos esportivos. Do nada, resolve ligar para a ex, e claro que ela não atende. Mas o fato da mina não ter mudado o número lhe dá uma estranha esperança, embora já tenha ficado sabendo que ela está namorando. Nas ruas dizem que o cara a trata bem à beça.

Elvis o encoraja a tentar ioga, a do tipo metade Bikram, que se pode praticar em Central Square. Tem vadia pra caralho lá, ressalta ele. Toneladas delas. E, embora você não esteja no clima pegador, não quer perder todo o condicionamento físico que desenvolveu; daí, vai tentar. A parada do namastê você dispensaria, mas começa a curtir a prática e, dali a pouco, já está fazendo vinyasas com os melhores alunos. Elvis tinha razão. Tem vadia pra caralho, todas com os traseiros no alto, mas nenhuma chama a sua atenção. Una blanquita miniatura tenta puxar papo com você. Parece impressionada porque é o único, dentre todos os caras da aula, que nunca tira a camiseta, mas você se afasta num piscar de olhos do sorrisinho provinciano dela. Que diabos vai fazer com uma blanquita?

Trepar pra cacete com ela, sugere Elvis.

Ganhar um boquete, acrescenta seu parceiro Darnell

Dê uma chance pra ela, propõe Arlenny.

Mas você não faz nada disso. No final das aulas se afasta rápido para ir limpar o colchonete, e ela saca. Não se aproxima de novo, embora às vezes, durante a aula, o observe com certo desejo.

Você, na verdade, fica bem vidrado em ioga e logo começa a levar o colchonete para tudo quanto é canto. Não dá mais continuidade às fantasias de que a ex estará esperando por você na frente do apê, embora, de vez em quando, ainda ligue para ela e deixe tocar até cair na caixa postal.

Por fim começa a trabalhar no romance sobre apocalipse estilo anos 1980 — "por fim começa" significa que escreve um parágrafo — e, numa maré de autoconfiança, passa a pegar uma jovem morena da Faculdade de Direito de Harvard, que conhece no Enormous Room. Tem metade da sua idade — um daqueles supergênios que terminaram a universidade com 19 anos — e é gente boa pacas. Elvis e Darnell a aprovam. Show de bola, dizem. Arlenny objeta. Ela é novinha demais, no? Sem dúvida, a mina é novinha demais, e vocês dois transam pra caramba, agarrando-se obstinadamente durante o ato, mas se desgrudando como se tivessem vergonha um do outro depois. Na maior parte do tempo, acha que ela sente pena de você. A gata diz que gosta da sua mente só que, considerando que é mais inteligente que você, parece pouco provável. No entanto, parece que gosta do seu corpo, pois não consegue tirar as mãos dele. Eu devia voltar para o balé, comenta a mina enquanto o despe. Aí você perderia o corpão violão, observa, e ela ri. Eu sei, esse é o dilema.

Tudo está correndo bem, fantástico, daí no meio de uma saudação ao sol você dá um jeito na lombar e *bum* — parece que ocorre uma súbita queda de energia. Você fica sem forças, tem que se deitar. Isso, salienta o professor, podem descansar, se necessário. Quando a aula acaba, você precisa da ajuda da branquinha para se levantar. Quer uma carona pra algum lugar?, pergunta ela, mas você balança a cabeça. A caminhada até o seu apê parece a marcha de Bataan. No Plough & Stars você se apoia numa placa de parada obrigatória e liga para Elvis pelo celular.

Ele chega rapidinho, com uma boazuda a tiracolo: uma genuína cabo-verdense de Cambridge. A impressão que passam é a de que acabaram de transar. Quem é ela?, você pergunta, e ele balança a cabeça. Leva-o direto para a emergência. Quando a médica por fim aparece, você está troncho feito um velho.

Parece que é hérnia de disco, anuncia a doutora.

Beleza, você diz.

Fica de cama por duas semanas inteirinhas. Elvis lhe leva comida e faz companhia enquanto você come. Conversa sobre a mina de Cabo Verde. É como meter o pau num molho picante de manga.

Você escuta por um tempo, em seguida comenta: Só não acabe como eu.

Elvis dá um largo sorriso. Pô, ninguém vai acabar como você, Yunior. É um autêntico produto da RD.

A filha dele joga os seus livros no chão. Você nem se importa. Talvez assim ela fique com vontade de ler, comenta para Elvis.

Então, agora são os seus pés, a sua coluna e o seu coração. Não pode correr, não pode fazer ioga. Tenta andar de bicicleta, pensando que vai virar um Armstrong, mas essa atividade acaba com as suas costas. Então fica só caminhando. Anda uma hora de manhã e outra de noite. Não sente aquela descarga de adrenalina, os pulmões não parecem estourar, não acontece aquele impacto tremendo no sistema, mas é melhor do que nada.

Um mês depois, a estudante de direito o troca por um dos colegas de classe, diz que foi ótimo, mas que ela precisa começar a ser realista. Tradução: Tenho que parar de ir para a cama com coroas. Depois você a vê com o tal colega no jardim. Ele é mais claro que você, mas, sem sombra de dúvida, negro. Tem também quase 3 metros e constituição a la manual de anatomia. Os dois estão caminhando de mãos dadas, e ela se mostra tão feliz que você tenta encontrar um lugarzinho no coração para não a invejar. Dois segundos depois, um segurança se aproxima e pede que você se identifique. No dia seguinte, um garoto branco, numa bicicleta, joga uma lata de Coca light em você.

As aulas começam e, àquela altura, os blocos no seu abdômen já foram reabsorvidos, como diminutas ilhas num mar de gordura em ascensão. Você examina as novas auxiliares do corpo docente, em busca de uma possível candidata, mas não acha nada. Vê muita TV. Às vezes Elvis vai até a sua casa, pois a esposa não deixa o cara fumar baseado na deles. Começou a fazer ioga, depois de ver como surtiu efeito no seu caso. Tem vadia pra caralho também, acrescenta ele, rindo. Você realmente quer não odiar o cara.

O que aconteceu com a cabo-verdense?

Que cabo-verdense?, indaga Elvis, secamente.

Você faz pequenos avanços. Começa com flexões, puxadas e até com alguns dos antigos movimentos de ioga, porém tomando muito cuidado. Sai para jantar com algumas mulheres. Um delas é casada e gostosíssima daquele jeito de dominicana quase quarentona, de classe média. Você saca que ela está considerando a possibilidade de dormir com você e, durante todo o tempo em que come as costelas, sente estar no banco dos réus. Em Santo Domingo, eu nunca poderia me encontrar com você desse jeito, comenta a mulher, com muita franqueza. Quase todas as suas conversas começam com Em Santo Domingo. Ela vai ficar um ano, no total, estudando na faculdade de administração e, pela forma como fala com arroubo de Boston, dá para notar que sente saudades da RD e que nunca moraria em outro lugar.

Boston é muito racista, você diz, orientando-a.

A mulher o olha como se fosse louco. Boston não é racista, salienta ela, também ridicularizando a ideia da existência de racismo em Santo Domingo.

Quer dizer que agora os dominicanos *adoram* os haitianos?

Isso não tem a ver com raça. Ela pronuncia cada sílaba. Mas com *nacionalidade*.

Claro que vocês acabam indo para a cama, e até que não é ruim, excetuando o fato de que a mulher nunca, jamais goza e passa o tempo todo reclamando do marido. Mas ela é receptiva, se entende o que quero dizer, e dali a pouco você já circula com ela dentro e fora da cidade: vão a Salem no Dia das Bruxas e a Cape Cod num fim de semana. Nunca o fazem parar nem mostrar identificação quando está com ela. Em todos os lugares aos quais vão ela tira fotos, só que nunca com você. Escreve cartões para os filhos enquanto vocês dois estão na cama.

No final do semestre, a mulher volta para casa. A minha, não a sua, ressalta, mal-humorada. Está sempre tentando provar que você não é dominicano. Se eu não sou, então ninguém é, você retruca, mas ela ri. Diga isso em espanhol, desafia, e, claro, você não consegue. No último dia, leva-a até o aeroporto e não ocorre nenhum beijo arrebatador estilo *Casablanca*, só um sorriso, um abracinho fuleiro, momento em que o peito siliconado dela o empurra, denotando o irreversível. Escreva, diz para a dominicana, que responde, Por supuesto, e, obviamente, nenhum dos dois o faz. Você acaba apagando as informações de contato dela do seu celular, mas não as fotos que tirou dela na cama quando estava nua e dormindo; nunca essas.

Ano 4

Convites de casamento das ex-sucias começam a chegar pelo correio. Você não faz ideia de como explicar essa baboseiría. Que escrotice, exclama. Vai falar com Arlenny para tentar entender. Ela examina os convites, de ambos os lados. Acho que é como disse Oates: A vingança é viver bem, sem você. Que se fodam Hall & Oates, diz Elvis. Essas vadias pensam que a gente é igual a elas. Acham que damos bola pra esse tipo de vaina. Ele dá uma olhada nos convites. Sou eu, ou toda mulher asiática do planeta se casa com um branco? Está escrito nos genes ou um troço assim?

Nesse ano seus braços e suas pernas começam a incomodar, adormecendo de vez em quando, tremeluzindo como um apagão parcial na Ilha. É uma sensação estranha, de formigamento. Que porra é essa?, pergunta-se. Espero que não esteja morrendo. Na certa está fazendo exercício demais, sugere Elvis. Mas nem malhando estou, você protesta. Provavelmente é só estresse, diz a enfermeira na emergência. Você espera que sim, contraindo as mãos, preocupando-se. Realmente espera que sim.

Em março pega um avião até São Francisco para dar uma conferência, que não corre bem; quase ninguém comparece, além dos alunos obrigados pelos professores. Depois você vai sozinho até a colônia coreana e devora kalbi até quase explodir. Dirige pela área por algumas horas, para sentir a vibração da cidade. Tem uns amigos que moram ali, mas não telefona para eles porque sabe que só vão conversar sobre os velhos tempos e a ex. Tem também uma sucia no pedaço, para quem acaba ligando, mas ela bate o telefone na sua cara assim que escuta o seu nome.

Quando volta para Boston, a estudante de direito está aguardando você na portaria do seu prédio. Você fica surpreso, animado e meio desconfiado. O que é que há?

Parece um programa ruim de TV. Você nota que ela está com três malas enfileiradas. E, ao examiná-la de perto, vê que seus olhos de traços absurdamente persas estão vermelhos de tanto chorar, o rímel recém-passado.

Estou grávida, informa.

204

No início, você nem se toca. Brinca: E?

Seu *babaca*. Ela desata a chorar. Na certa, é seu maldito filho.

Há surpresas e há surpresas e, então, há isso.

Como você fica sem saber o que dizer e fazer, leva-a para cima. Carrega com esforço as malas, apesar da coluna, apesar do pé, apesar dos braços dormentes. Ela não diz nada, só agarra o travesseiro diante do suéter da faculdade de Howard. É uma garota do Sul, com postura extremamente ereta e, quando se senta, você tem a sensação de que está se preparando para entrevistá-lo. Depois de servir um chá para ela, você pergunta: Vai ficar com isto?

Claro que vou ficar com *isto*.

E o Kimathi?

Ela não saca. Quem?

Seu queniano. Você não consegue dizer *namorado*.

Ele me expulsou. Sabe que não é dele. Ela mexe num ponto do suéter. Vou desfazer as malas, está bom? Você anui e a observa. É uma mulher incrivelmente linda. Você pensa na velha citação *Me mostre uma mulher bonita e eu lhe mostro alguém cansado de transar com ela*. Só que você duvida de que se cansará dela.

Mas pode ser dele, né?

É seu, tá legal?, grita. Eu sei que não quer que seja, mas é.

O vazio que sente o surpreende. Fica sem saber se deveria se mostrar entusiasmado ou reconfortá-la. Passa a mão pelos cabelos incipientes e cada vez mais escassos.

Preciso ficar aqui, revela ela mais tarde, depois que vocês levam adiante desajeitadamente uma transa constrangedora. Não tenho para onde ir. Não posso voltar para a casa da minha família.

Quando você conta a Elvis toda a parada, espera que ele fique bolado, que o mande expulsá-la do apê. Receia a reação do parceiro porque sabe que não vai ter coragem de mandá-la embora.

Mas Elvis não fica bolado. Dá um tapinha nas suas costas e um largo sorriso, satisfeito. Que ótimo, cara.

Como assim, Que ótimo?

Você vai ser pai. Vai ter um filho.

Um filho? Do que é que você está falando? Não tem nenhuma prova de que é meu.

Elvis não está escutando. Sorri por causa de um pensamento que lhe ocorre. Espia para ver se a esposa se encontra fora do alcance do ouvido. Lembra a última vez que a gente foi para a RD?

Claro que você se recorda. Três anos atrás. Todo mundo se divertiu, menos você, que estava no meio de um baita declínio, o que significou que passou a maior parte do tempo sozinho, boiando de costas no mar, enchendo a cara no bar ou caminhando na praia de manhã bem cedo, antes da galera se levantar.

Sim, e daí?

Bom, eu engravidei uma garota enquanto estávamos lá.

Está de sacanagem, cara?

Ele balança a cabeça, negando.

Engravidou a mina?

Ele balança a cabeça, anuindo.

E ela teve o bebê?

Ele vasculha o celular. Aí lhe mostra a foto de um garotinho perfeito, com a carinha mais dominicana que já viu.

Este é o meu filho, anuncia Elvis, com orgulho. Elvis Xavier Junior.

Caralho, mano, está falando *sério* mesmo? Se a sua mulher descobrir...

Ele se irrita. Ela não vai ficar sabendo.

Você pondera a respeito do assunto por um tempo. Estão parados atrás da casa dele, perto da Central Square. No verão, esses prédios fervilham de atividade, mas, agora, dá até para ouvir um gaio importunando outras aves.

Bebês custam caro pra cacete. Elvis dá um soquinho no seu braço. Melhor ir se preparando, cara, para ficar duro pacas.

Quando volta para o apê, vê que a estudante de direito ocupou dois armários seus, quase toda a pia e, o mais importante, apossou-se da cama. E pôs um travesseiro e um lençol no sofá. Para você.

Como assim, não posso dividir a cama com você?

Não acho que seja uma boa para mim, responde ela. Seria estressante demais. Não quero abortar.

Difícil contestar isso. Como sua coluna não se adapta nem um pouco ao sofá, você acorda no dia seguinte com mais dores do que nunca.

Só uma piranha de cor vem a Harvard para ficar grávida. As brancas não fazem isso. Tampouco as asiáticas. Só as malditas latinas e as negras. Para que se dar ao trabalho de vir até esta universidade e, no fim, engravidar? Você podia ter ficado no próprio bairro e feito isso.

É o que você escreve no diário. No dia seguinte, quando volta da aula, a estudante de direito joga o caderno no seu rosto. Porra, eu te *odeio*, diz, chorando. *Tomara que não seja seu. Tomara que seja seu e nasça retardado.*

Como pode dizer isso?, você pergunta. Como é que pode dizer um troço desses?

Ela vai até a cozinha e começa a servir para si uma dose de bebida. Quando você vê, está tirando a garrafa da mão dela e despejando o conteúdo na pia. Nada a ver, você comenta. Mais programa de TV ruim.

A estudante de direito passa duas malditas semanas inteirinhas sem lhe dirigir a palavra. Você passa o maior tempo possível no escritório ou na casa do Elvis. Assim que entra num ambiente em que ela esteja, a mulher fecha correndo o laptop. Eu não estou bisbilhotando, caramba. Mas a estudante de direito espera você se retirar antes de voltar a digitar o que quer que esteja digitando.

Você não pode expulsar a mãe do seu filho, aconselha Elvis. Seria um desastre para a criança, acabaria com a vida dela. Além do mais, atrai um carma ruim. Espera só até o bebê nascer. Ela vai tomar jeito.

Passa um mês, depois outro. Você receia contar para outras pessoas, compartilhar — o quê? As boas-novas? Sabe que Arlenny viria na hora e colocaria a mina na rua com um chute no traseiro. A sua coluna o está matando, e a dormência nos braços, cada vez mais crônica. No chuveiro, o único lugar no apê em que pode ficar sozinho, sussurra para si: *No inferno, Netley. Nós estamos no inferno.*

MAIS TARDE, TODA essa parada lhe virá à mente como um terrível pesadelo febril, mas, na época, transcorria com extrema lentidão e muita concretude. Você a leva para todas as consultas. Ajuda-a com as vitaminas e esses lances. Paga por quase tudo. Como ela não está falando com a mãe, só conta com duas amigas, que ficam no apartamento quase tanto quanto você. Todas fazem parte do Grupo de Apoio a Miscigenadas com Crise de Identidade e o olham com pouquíssimo calor humano. Você fica esperando que a estudante de direito se enterneça, mas ela mantém distância. Certos dias, enquanto a mulher dorme e você tenta trabalhar, dá-se ao luxo de se perguntar que tipo de filho terá. Se vai ser menino ou menina, esperto ou retraído. Vai puxar a você ou a ela.

Já pensou em algum nome?, pergunta a esposa de Elvis.

Ainda não.

Taína se for menina, sugere ela. E Elvis, se for menino. Arlenny dá uma olhada zombeteira no marido e ri.

Gosto do meu nome, diz ele. Eu o daria para um menino.

Só debaixo do meu cadáver, salienta a esposa. E, além do mais, esta incubadora fechou as portas.

À noite, enquanto você tenta dormir, vê o brilho do laptop da estudante de direito pela porta aberta do quarto, escuta seus dedos no teclado.

Você precisa de alguma coisa?

Eu estou bem, obrigada.

Aí você vai até a porta algumas vezes e a observa, querendo ser convidado para entrar, mas ela só o fuzila com os olhos e pergunta, Que é que você quer?

Só estou dando uma olhada.

Quinto mês, sexto mês, sétimo mês. Você está em sala de aula, ensinando Introdução à Ficção, quando recebe uma mensagem de texto de uma das amigas dela, informando que ela entrou em trabalho de parto, seis semanas antes do prazo. Todos os tipos de temores lhe cruzam rápido a mente. Fica tentando telefonar para o celular dela, mas a mina não atende. Liga para Elvis, mas, como ele tampouco atende, vai dirigindo sozinho até o hospital.

Você é o pai?, pergunta a mulher na recepção.

Sou, responde você, timidamente.

Então o conduzem pelos corredores e, por fim, entregam-lhe uma roupa hospitalar, mandam-no lavar as mãos, dão-lhe instruções a respeito do lugar em que devia ficar, avisam-lhe qual será o procedimento, mas, assim que você põe os pés na sala de parto, a estudante de direito grita: *Eu não quero esse cara aqui. Eu não quero esse cara aqui. Ele não é o pai.*

Você não imaginava que pudesse doer tanto. As duas amigas dela começam a caminhar depressa na sua direção, mas você já foi dando o fora. Viu as pernas finas e acinzentadas dela, as costas do médico, e não muito mais que isso. Sente-se feliz por não ter visto nada mais. Teria tido a sensação de haver violado a segurança dela, ou algo assim. Então, tira a roupa hospitalar, fica por ali esperando um pouco, percebe o que está fazendo e, finalmente, volta para casa.

Você não recebe notícias dela, mas da amiga, a mesma que lhe mandou a mensagem de texto sobre o trabalho de parto. Vou passar para pegar as malas dela, está bom? Quando ela chega, passa os olhos por todo o apartamento, com cautela. Não vai dar uma de psicopata comigo, vai?

Não, não vou. Depois de uma pausa, você acrescenta: Por que está dizendo isso? Nunca machuquei uma mulher sequer na vida. Aí se dá conta de como isso soa — como um cara que machuca mulheres o tempo todo. Tudo volta para as três malas e, então, você a ajuda a descê-las com dificuldade e a colocá-las no SUV da moça.

Deve estar aliviado, diz ela.

Você não responde.

E foi assim que acabou. Depois você fica sabendo que o queniano a visitou no hospital e, quando viu o neném, acabou se reconciliando chorosamente com ela, perdoando tudo.

Esse foi o seu erro, comentou Elvis. Deveria ter tido um filho com aquela sua ex. Ela não teria deixado você.

Teria sim, afirma Arlenny. Pode ter certeza.

O restante do semestre acaba sendo um baita de um tremendo fiasco. As piores avaliações nos seus seis anos como professor. Seu único aluno de cor naquele semestre escreve: Ele diz que não sabemos nada, mas não nos mostra como corrigir essas deficiências. Uma noite, você liga para a ex e, quando entra a caixa postal, deixa escapar: A gente devia ter tido um filho. Em seguida desliga, envergonhado. Por que foi dizer isso?, pergunta-se. Agora ela realmente não vai mais falar com você.

Não creio que o telefonema tenha sido o problema, sugere Arlenny.

Dá só uma olhada. Elvis mostra uma foto de Elvis Jr. com um bastão de beisebol. Esse garoto vai arrasar.

Nas férias de inverno você vai até a RD com ele. O que mais poderia fazer? Não tem porra nenhuma rolando por aqui, além da constante tremedeira dos braços toda vez que adormecem.

Elvis está superanimado. Levando três malas com presentes para o filho, inclusive a primeira luva, a primeira bola, a primeira blusa do Boston Red Sox. Uns 80 quilos de roupas e outras paradas para a mãe do bebê. E ele também escondeu tudo no seu apartamento. Você está na casa do Elvis quando o cara se despede da esposa, da filha e da sogra. A filhinha dele não parece entender o que está acontecendo, mas, quando a porta fecha, abre um berreiro que circunda você feito concertina. Elvis continua na boa, como se não fosse com ele. Eu era assim, pensa você. Eu eu eu.

Claro que você procura por ela durante o voo. Não consegue evitar.

Já imaginava que la mamá del baby morava num lugar pobre, tipo Capotillo ou Los Alcarrizos, mas não fazia ideia de que ela vivia nas Nadalandias. Você já esteve lá algumas vezes antes — porra, sua família saiu de uma periferia dessas. Ocupantes ilegais em barracos montados onde não há ruas, nem luz, nem água, nem rede elétrica, nem nada, onde o barraco caindo aos pedaços de uns fica em cima do dos outros, onde só há lama, barracões, motos, trabalho duro e desgraçados esqueléticos sorridentes por todos os lados, esmorecendo à margem da civilização. Você tem que deixar la jípeta alugada na última parte pavimentada da estrada e montar na garupa dos moto-conchos com todas as malas equilibradas nas costas e nas do motorista. Ninguém fica olhando fixamente porque essa não chega a ser uma bagagem de verdade: você já viu uma única moto com uma família de cinco e um porco

Vocês finalmente chegam a um casebre, e lá vem Baby Mama — um sinal da feliz volta para casa. Bem que você gostaria de poder dizer que se lembra dela daquela viagem feita há muito tempo, mas não lembra. A mulher é alta e boazuda, exatamente como Elvis gosta. Com não mais que 21, 22 anos, tem um sorriso irresistível como o de Georgina Duluc e, quando o vê, lhe dá um forte abrazo. Quer dizer que el padrino finalmente resolveu visitar, diz a moça, com um daqueles vozeirões roucos de campesina. Também conhece a mãe, a avó, o irmão, a irmã, os três tios dela. Pelo visto todo mundo está sem alguns dentes.

Elvis pega o menino. Mi hijo, entoa. Mi hijo.

O menino começa a chorar.

O barraco de Baby Mama mal tem dois ambientes; há uma cama, uma cadeira, uma mesinha e uma única lâmpada no alto. Mais mosquitos que um acampamento de refugiados. Esgoto a céu aberto nos fundos. Você olha para Elvis tipo puta que o pariu. As parcas fotos de família penduradas nas paredes estão manchadas de água. Quando chove — Baby Mama ergue as mãos —, tudo vai embora.

Não se preocupe, diz Elvis, vou tirar vocês daqui este mês, se conseguir juntar a grana.

O casalzinho feliz o deixa com a família e Elvis Jr., enquanto passa em vários mercados para acertar cuentas e pegar uns produtos básicos. Baby Mama quer exibir Elvis, óbvio.

Você se senta numa cadeira de plástico em frente à casa, com o menino no colo. Os vizinhos o contemplam com avidez e bom humor. Um jogo de dominó acaba, e você se une ao irmão taciturno de Baby Mama. Em menos de 5 minutos o cara o convence a pedir unas grandes e uma garrafa de Brugal de un colmado ali perto. Também três pacotes de cigarros, um salame inteiro e um xarope de tosse para a filha doente de uma vizinha. Ta muy mal, explica a mulher. Claro que todo mundo tem uma hermana ou prima que quer que conheça. Que tan mas buena que el Diablo, garantem. Vocês todos mal terminam a primeira garrafa del romo quando umas hermanas e primas realmente começam a dar as caras. Parecem grosseironas, mas você respeita a sua tentativa. Convida todas para se sentarem, pede mais cerveja e um pica pollo ruim.

Basta dizer de qual você gosta, sussurra um vizinho, que eu dou um jeitinho pra levar isso adiante.

Elvis Jr. o observa com muita seriedade. É um carajito muito fofo. Tem todo aquele monte de mordida de mosquito nas perninhas e uma velha casca de ferida na cabeça, cuja origem ninguém consegue lhe explicar. Você sente uma súbita necessidade de envolvê-lo com os braços, com o corpo todo.

Mais tarde, Elvis o coloca a par do Plano. Eu vou levá-lo para os Estados Unidos daqui a uns anos. Vou dizer para a minha mulher que foi um acidente, um encontro de uma única noite quando eu estava embriagado, e que só fui descobrir agora.

E isso vai dar certo?

Vai sim, salienta ele, irritado.

Cara, a sua esposa não vai cair nessa.

E o que é que você sabe?, questiona Elvis. Não é como se as suas paradas funcionassem.

Não havia como contestar isso. Como a essa altura seus braços o estão matando, você pega o garotinho para tentar ativar a circulação neles. Olha nos olhos dele. O menino retribui o olhar. Parece anormalmente sábio. Destinado ao MIT, comenta você, enquanto afaga com o nariz os cabelos encaracolados. Aí ele começa a abrir o maior berreiro, você o solta, e fica vendo-o, por um tempo, correr por ali.

É mais ou menos nessa hora que você percebe.

O segundo andar do casebre não foi terminado, os vergalhões destacando-se dos blocos de alvenaria como folículos terrivelmente retorcidos, e você e Elvis estão ali, tomando cerveja e fitando além da periferia da cidade, além das antenas parabólicas das rádios, em direção às montanhas de Cibao, à Cordillera Central, onde seu pai nascera e morava a família da sua ex. É espetacular.

Ele não é seu, você diz para Elvis.

Do que é que está falando?

O menino não é seu.

Não seja babaca. O garoto é igualzinho a mim.

Elvis. Você põe a mão no braço dele. Olha bem no meio dos olhos dele. Caia na real.

Faz-se um longo silêncio.

Mas ele parece comigo.

Cara, ele não parece nada com você.

No dia seguinte vocês dois pegam o garoto e vão de carro até a cidade, de volta para Gazcue. Antes, precisam literalmente mandar a família embora para evitar que os acompanhem. Têm que escutar um dos tios, que os puxa para o lado. Deviam comprar uma geladeira para esse pessoal. Em seguida, o irmão, que também os puxa para o lado. E uma TV. Daí a mãe, que torna a puxá-los para o lado. E uma chapinha.

O tráfego rumo ao centro é tão insano quanto a Faixa de Gaza, parece haver uma batida a cada 500 metros, e Elvis fica ameaçando voltar. Você o ignora. Olha fixamente para as misturas lamacentas nos concretos quebrados, cheios de infiltrações, os vendedores com todas as quinquilharias do mundo penduradas nos ombros, as palmeiras cobertas de poeira.

O garoto o agarra com força. Não há nada de significativo nisso, você diz a si mesmo. É um reflexo tipo o de Moro, nada mais.

Não me obrigue a fazer isso, Yunior, implora Elvis.

Mas você insiste. Tem que fazer, E. Sabe muito bem que não pode viver uma mentira. Não vai ser bom para o menino, nem para você. Não acha que é melhor saber?

Mas eu sempre quis um menino, ressalta. A minha vida inteira, é tudo o que eu queria. Quando aconteceu aquela desgraça comigo no Iraque, eu ficava pensando, Senhor, por favor, deixe que viva apenas o suficiente para ter um filho, por favor, daí pode me matar logo depois. E, olhe, Ele me deu esse menino, não deu? Ele me deu esse menino.

A clínica fica numa dessas casas construídas no estilo internacional na época de Trujillo. Vocês dois ficam parados à recepção. Você segura a mão do menino, que o fita com solene intensidade. A lama está à espera. As mordidas de mosquito estão à espera. O Nada está à espera.

Vá em frente, você encoraja Elvis.

Crê, com toda a sinceridade, que ele não irá adiante, que a coisa vai parar por aí. Que vai pegar o menino, dar a volta e rumar para a jípeta. Mas acaba levando o garotinho para uma sala em que passam o cotonete nas bocas deles e pronto, está feito.

Você pergunta: Quanto tempo vão levar os resultados?

Quatro semanas, informa a técnica.

Tudo isso?

Ela dá de ombros. Bem-vindo a Santo Domingo.

Ano 5

Você supõe que esta será a última vez que ouvirá algo a esse respeito e que, aconteça o que acontecer, os resultados não mudarão nada. Mas, quatro semanas depois da viagem, Elvis informa que o resultado do teste foi negativo. Porra, diz ele com amargura, porra porra porra. Em seguida, corta todo o contato com o menino e a mãe. Muda o número do celular e o endereço eletrônico. Eu disse para aquela piranha não me ligar de novo. Tem coisa que não dá para perdoar.

Claro que você se sente péssimo. Pensa na forma como o garoto lhe olhava. Ao menos me dê o número de telefone dela, você pede. Supõe que pode mandar um dinheirinho para ela todo mês, mas seu parceiro não quer nem ouvir falar. Que aquela piriguete mentirosa vá se ferrar.

Você imagina que no fundo ele devia saber, talvez tenha até desejado que você fizesse o que fez, mas fica na sua, não remói a questão. Elvis passou a fazer ioga cinco vezes por semana agora, está na melhor forma da vida dele, ao passo que você precisa comprar jeans de tamanho maior outra vez. Quando entra na casa do seu mano, a filha brinca com você, chama-o de Tío Junji. É o seu nome coreano, zomba Elvis.

Com ele é tipo como se nada tivesse acontecido. Bem que você gostaria de ser tão fleumático assim.

Você pensa neles em algum momento?

Ele balança a cabeça. E nunca vai fazê-lo.

O formigamento nos seus braços e nas suas pernas aumenta. Você volta para os médicos, que o mandam para um neurologista, que, por sua vez, requisita uma ressonância magnética. Parece que você tem estenose lombar, informa o doutor, impressionado.

E é ruim isso?

Não é muito bom. Você costumava fazer muito trabalho manual?

Quer dizer, além de fazer entrega de mesa de sinuca?

Então foi isso. O médico semicerra os olhos, examinando a ressonância. Vamos tentar fisioterapia primeiro. Se não der certo, conversaremos sobre outras opções.

Tipo?

Ele juntou as pontas dos dedos, contemplativamente. Cirurgia.

Dali em diante, a vidinha que lhe restou vai de mal a pior. Uma aluna reclama na faculdade que você pragueja demais. Você acaba tendo de se reunir com o decano, que basicamente o manda tomar jeito. Os tiras o param três fins de semana seguidos. Numa dessas paradas, eles o obrigam a se sentar na calçada, e você fica observando todos os outros carrões passando, os passageiros encarando-o. No metrô, você jura tê-la visto em meio à caótica hora do rush e, por um instante, sua perna fica bamba, porém se dá conta de que era apenas outro mujerón latino de terninho.

Claro que você sonha com ela. Está na Nova Zelândia ou em Santo Domingo ou, por incrível que pareça, de novo na universidade, um aluno no alojamento. Quer que a mina diga seu nome, que o toque, mas ela não o faz. Só balança a cabeça.

Ya.

COMO VOCÊ QUER seguir adiante, para exorcizar as paradas, encontra um apartamento novo no outro lado da área, com vista para a silhueta de Harvard. Todas aquelas torres impressionantes, inclusive a sua favorita, a cruz cinza da Igreja Batista de Old Cambridge. Nos seus primeiros dias de novo inquilino, uma águia pousa na árvore morta bem na frente da sua janela, no quinto andar. Olha-o nos olhos. O que lhe parece um sinal de bom agouro.

Um mês depois, a estudante de direito lhe manda o convite do seu casamento no Quênia. Há uma foto, e os dois estão vestindo o que você supõe serem uns trajes tradicionais quenianos. Ela está supermagra e com bastante maquiagem. Você espera um bilhete, alguma menção ao que fez por ela, mas não encontra nada. Até mesmo o endereço foi digitado no computador.

Talvez tenha vindo por engano, você comenta.

Não foi um engano, assegura-lhe Arlenny.

Elvis rasga o convite, joga-o pela janela da camionete. Que se foda aquela piriguete. Que se fodam todas elas.

Você consegue guardar um pedacinho da fotografia. É da mão dela.

E começa a se empenhar muito mais do que já fizera antes, em todos os âmbitos — no ensino, na fisioterapia, na análise, na leitura, na caminhada. Fica aguardando o peso ir embora. Fica aguardando o momento em que nunca mais vai pensar na ex. Mas ele não chega.

Pergunta para todo mundo que conhece: Quanto tempo se leva, geralmente, para superar um rompimento?

Tem um monte de fórmula. Um ano para cada um de namoro. Dois anos para cada um de namoro. É só uma questão de força de vontade: No dia em que decidir que acabou, acabou. Mas você nunca supera.

Uma noite, no inverno, vai com os amigos para uma casa noturna latina do gueto, em Mattapan Square. Asesina-Maldita-Pan Square. Lá fora faz quase zero grau, mas dentro está tão quente que todo mundo já ficou de camiseta, e o futum, tão denso quanto um afro. Tem uma mina que fica esbarrando em você, até que diz para ela, Pero mi amor, ya. E a gata: Ya você. É dominicana, graciosa e altíssima. Eu nunca poderia namorar alguém tão baixinho quanto você, informa-lhe ela, para início de conversa. Mas lhe dá o número de telefone no final da balada. Durante toda a noite, Elvis fica sentado ao bar, calado, tomando uma dose após outra de Rémy. Na semana anterior, tinha feito uma viagem rápida e solitária até a RD, uma coleta de informações, uma Ghost Recon. Só lhe contou depois. Tentou procurar Elvis Jr. e a mãe, acontece que eles tinham se mudado e ninguém fazia a menor ideia do seu paradeiro. Nenhum dos números de telefone que ela tinha dado funcionava. Espero que apareçam, comenta.

Eu também.

Você se dedica a longuíssimas caminhadas. A cada 10 minutos para e faz agachamentos ou flexões. Não chega a ser uma corrida, mas acelera seu pulso, o que é melhor que nada. Depois, seus nervos doem tanto que você mal pode se mover.

Certas noites você tem sonhos estilo *Neuromancer*, em que vê a ex, o garotinho e outra figura, familiar, acenando-lhe a distância. *Em algum lugar, bem perto, o riso que não era risada.*

E, por fim, quando sente que pode fazê-lo sem explodir em mil átomos em combustão, abre uma pasta que manteve escondida debaixo da cama. O Livro do Dia do Juízo Final. Cópias de todos os e-mails e fotografias dos tempos de traição, o material que a ex encontrou, compilou e enviou para você um mês depois de terminar. *Querido Yunior, para o seu próximo livro.* Provavelmente a última vez que ela escreveu seu nome.

Você lê tudo de cabo a rabo (a-hã, ela chegou a encapar a obra). Fica surpreso em ver que covarde patético de merda você é. Difícil admitir, mas é a mais pura verdade. Fica surpreso com a intensidade da sua falsidade. Quando termina o Livro pela segunda vez, diz a verdade: Você fez bem, negra. Fez bem.

Ela tem razão, isso daria um livro incrível, comenta Elvis. A polícia os fizera encostar o carro, e agora vocês estão aguardando que o Policial Babaca termine de checar sua carteira. Elvis segura uma das fotos.

É colombiana, você informa.

Ele assobia. Que viva a Colômbia. E lhe devolve o Livro. Você tinha mais era que escrever o guia amoroso do traidor.

Acha mesmo?

Acho.

O que leva um tempo. Você começa a sair com a mina alta. Vai a mais médicos. Comemora a defesa de doutorado da Arlenny. Até que, numa noite de junho, rabisca o nome da ex e: *A meia-vida do amor é eterna.*

Cria algumas outras. Então, vai dormir.

No dia seguinte, dá uma olhada nas novas páginas. Pela primeira vez não fica a fim de queimá-las nem de desistir de escrever para sempre.

Já é um começo, diz para a sala.

É isso aí. Nos meses subsequentes, você se dedica ao trabalho, porque lhe dá esperança, porque lhe parece uma bênção e porque sabe, no fundo do seu coração de traidor mentiroso, que às vezes só podemos mesmo contar com um recomeço.

Este livro foi composto na tipologia Sabon
LT Std, em corpo 10,5/15, e impresso em
papel off-white no Sistema Cameron da
Divisão Gráfica da Distribuidora Record.